하늘과 × 땅의 × 방정식

Q2. 빈틈의 패턴을 찾으시오

◆ 1권의 마방진 속 빈틈은…

1	15	14	4
12	6	7	9
8	10	11	5
14	3	2	16

(4차 마방진의 합, 34를 깨트리는 14.)

AME TO TSUCHI NO HOTEISHIKI 2
Text copyright © Yoko TOMIYASU 2015
All rights reserved.
Original Japanese edition published by KODANSHA LTD.
Korean translation rights arranged with KODANSHA LTD.
through JM Contents Agency Co.

이 책의 한국어판 저작권은 JMCA를 통한 저작권사와의 독점 계약으로 (주)다산북스에 있습니다.
저작권법에 의해 한국 내에서 보호를 받는 저작물이므로 무단전재와 복제를 금합니다.

하늘과 × 땅의 × 방정식

Q2. 빈틈의 패턴을 찾으시오

도미야스 요코 글
김소희 옮김

디자인 책방

차례

- 거리두기 ... 7
- 상처 ... 24
- 실종 ... 34
- 보는 자 ... 50
- 호수 ... 65
- 하트 ... 84

○	○	○	○	○	○	○
열쇠	팀	청동거울	패턴	현장체험학습	아는자	함정
104	122	138	151	167	186	205

✳

거리 두기

그림자계에서 돌아온 이튿날부터 8학년 아이들은 자리를 멀찍이 띄워 앉았다. 안 그래도 휑한 교실에 뚝뚝 떨어져 있는 책걸상 세 개를 보며 이나미 선생님 얼굴에 당황한 기색이 역력했다.

"왜 그렇게 따로따로 앉아 있어? 핵분열이라도 한 거니?"

선생님의 썰렁한 우스갯소리는 교실 공기 중에 떠다니다가 공허하게 사라졌다.

"하하하……."

어색하게 넘기려던 웃음소리마저 침묵에 삼켜지자 이나미 선생님의 관자놀이에 시퍼런 핏대가 솟았다. 뿔뿔이 흩어진 세 명 중 교탁과 가장 가까웠던 탓에 아레이에게는 그 모습이 똑똑히 보였다.

이나미 선생님은 태도를 바꿔 신경질적으로 교실을 둘러보고는 으름장을 놓았다.

"얼른 책상 원위치로 해라. 엉뚱한 짓 말고."

아무도 움직이지 않았다. 그 대신 교실 창가의 맨 뒤쪽에 자리 잡은 Q가 "왜요?" 하고 물었다.

이나미 선생님의 핏대가 또 꿈틀거렸다. 아레이는 선생님이 폭발하기 전에 끼어들었다.

"이렇게 앉으면 안 될까요? 공간이 넓은데……"

이나미 선생님은 Q를 노려보던 눈을 아레이에게 돌렸다.

"서로 멀어서 조별 활동 하기 불편하잖니."

"조별 활동 땐 이동할게요."

아레이는 순순히 대답했지만 속으로는 딴생각을 했다.

여태껏 한 번도 조별 활동 한 적 없잖아요.

이나미 선생님은 더는 아무 말이 없었다. 그 대신 "후유." 하고 한 차례 한숨을 내쉰 후 묘하게 친근한 말투로 아레이에게 물어 왔다.

"아레이, 대체 왜 그러니? 무슨 일 있었어? 서로 다투기라도 한 거야? 혹시 힘든 게 있다면 말해 보렴."

"……?"

아레이는 대꾸할 타이밍을 놓쳤다. 새삼스럽게 상냥한 말투와 문제를 완전히 잘못 짚은 이야기 전개를 따라가지 못한 것이다.

"그런 거 아니에요."

복도 자리 뒤쪽에서 히카루의 냉랭한 목소리가 날아왔다.

"빨리 조회해 주시면 안 돼요? 이제 5분 뒤면 수업 시작인데……."

이나미 선생님은 또 핏대를 실룩거리며 입을 다물었다. 그리고 화가 서린 눈으로 아이들을 돌아보고는 체념했는지 한숨을 지었다.

이나미 선생님의 조회를 귓전으로 들으며 아레이는 창밖으로 눈길을 주었다. 오늘도 하늘은 맑다. 아침에 안개가 살짝 낀 듯했으나 벌써 다 걷혔다. 몽롱한 봄빛이 주변을 감쌌고 산울타리 위로 흰나비가 팔랑거리며 날았다.

아레이의 마음은 어느덧 어제의 사건으로 되돌아가 있었다. 방과 후, 아레이와 아이들은 학교 체육관 뒤편에서 황천귀의 그림자계로 들어갔다가 우여곡절 끝에 탈출했다.

탈출구였던 자동차 안에서 나오자, 체육관 뒤 주차장은 다시 열다섯 칸으로 돌아와 있었다. 하루코가 내던져 찌그러진 차도 사라졌고, 방금 내린 자동차는 원래대로 네 자릿수 번호판으로 돌아온 데다 차 문도 잠겨 있었다. 외눈박이 그림자들은 보이지 않았다. 담벼락 너머 자욱했던 안개가 사라지고 주변 풍경이 돌아왔다. 마을의 일상적인 소리도 들려왔다.

"돌아왔어……. 우리, 돌아온 거지?"

히카루는 꿈에서 깬 듯 주변을 살피더니 중얼거렸다.

"멜로디도 사라졌어. 이제 안 들려."

"엇? 내 가방!"

하루코가 퍼뜩 눈을 크게 뜨더니 이내 울상을 지었다.

"거기 놓고 왔나 봐요. 음악부 악보가 들어 있는데……."

"괜찮아. 내 악보 복사해 줄게."

하루코를 달래는 히카루의 손에 플루트와 케이스가 들려 있었다. 정신없이 탈출하는 틈에도 단단히 챙겨 온 모양이다.

"엄마가 손수 만들어 주신 가방인데……. 이니셜도 새겨서 마음에 쏙 들었는데……."

겨우 목숨을 건져서 이쪽 세계로 돌아왔는데 가방 타령이나 할 때냐.

아레이가 묵묵히 말을 삼키는데, Q가 태평하게 말했다.

"뭐가 문제야. 다시 거기 가면, 그때 주워 오면 되지!"

"뭐?"

아이들 모두 황당한 눈으로 Q를 쏘아봤다.

"다시 거기 가겠다고? 농담이지? 난 두 번 다신 안 갈 거야."

히카루가 날카롭게 내뱉어도 Q는 평온했다.

"그야 별수 없잖아. 가기 싫어도 보내지니까. 나랑 아레이는 이번이 두 번째라고. 맞지?"

아레이는 그저 잠자코 있었다.

"싫어요! 그런 곳엔 이제 절대 안 갈래요!"

가방을 아쉬워하던 하루코도 팔팔 뛰며 손을 내저었다.

"싫어요! 싫어! 무조건!"

"집에 가자."

히카루가 급하게 교문을 당기며 말했다. 또 그림자계로 보내지기 전에 얼른 학교를 벗어나고 싶은 거다. 묵직한 문은 덜커덩덜커덩 미끄러지며 열렸다. 빠끔히 열린 문틈으로 네 사람은 학교를 빠져나왔다.

"히카루 선배, 미래신도시 동쪽에 살죠? 저는 북쪽에 살아요. 2동! 학교 후문에서 3분 거리예요."

하루코가 말했다.

아레이는 미래신도시 북서쪽에, Q는 북쪽에 사니까 세 사람의 집은 같은 방향이었는데 히카루 집만 다른 방향인 듯했다.

"그럼 후문 앞 사거리까지 같이 가자. 할 얘기도 있고."

Q의 말에 네 사람은 얼떨결에 나란히 학교를 빙 돌아 북쪽으로 걷기 시작했다. 어쩌면 다들 이대로 뿔뿔이 흩어지는 게 불안했는지도 모른다. 위기 앞에서 뭉치려 드는 건 인간의 본능이니까.

학교를 둘러싼 도로는 육상부의 단골 달리기 코스다. 날마다 달리는 익숙한 길을 걸으면서 아레이는 학교를 밖에서 바라보았다. 평소와 다름없는 건물과 운동장. 봄볕이 미래통합학교에 따사롭게 내리쬐고 있었다. 하지만 이제 그곳은 아레이에게 결코 안전한 곳이 아니었다.

왜지? 어째서 학교에 있을 때만 그 이상한 세계로 보내지는 거지?

뭔가 이유가 있을 것이다. 천신은 아무 때나 깃든이를 그림자계로 보내지 않을 거다. 무언가 특별한 조건이 갖추어져야만 그림자계로 보내지는 게 아닐까? 그렇지 않고서는 제멋대로 드나들게 될 테니…….

생각에 잠긴 아레이에게 히카루가 말을 걸었다.

"어쩔 셈이야?"

난데없는 질문에 아레이는 "뭐?" 하고 히카루를 맞바라보았다. 히카루가 볼멘 표정으로 말을 이었다.

"큐샤 말처럼 또 거기에서 헤매면 어떡해? 다시 그 이상한 곳에 들어가지 않으려면 어떻게 해야 하냐고."

당연히 아레이가 방법을 알아야 한다는 투였다.

"몰라."

대답한 사람은 아레이가 아닌 Q였다.

"알면 이 고생을 왜 하게. 꿈에 나온 말하는 고양이한테 물어보든가."

"너한테 안 물었거든?"

히카루는 Q에게 맞받아치고는 싸늘하게 입을 다물었다. 그러자 하루코가 옆에서 불안하다는 듯이 말했다.

"그럼 언제 또 그런 데로 들어갈지 알 수 없다는 말이잖아요. 집에서나 학원에서나, 심지어 목욕하다가도 불쑥 그 이상한 세계로 빨려 들어갈 수 있는 거예요? 아까는 네 명이 함께여서 그나마 다행이었지만 만약 혼자 있을 때 그러면 어떻게 탈출해요?"

하루코의 말이 아레이의 마음에 걸렸다.

그렇다. 따지고 보면 혼자일 때 그림자계로 보내져도 이상할 게 없다. 그러나 첫 번째도 두 번째도 누군가와 함께 있을 때만 이런 이상한 일이 일어났다.

우연이라고 보기는 어려웠다. 한 번도 아니고 두 번이나 일어난 일에는 공통점이 있을 테니까. 첫 번째는 아레이와 Q가 복도에서 부딪쳤을 때. 두 번째는 아레이와 Q, 히카루와 하루코가 체육관 모퉁이에서 뒤엉켰을 때…….

깃든이들이 접촉하면 그림자계로 빨려 들어가는 건가?

"무슨 생각을 그렇게 해?"

히카루의 말에 아레이는 마음속에 떠오른 추측을 불쑥 입에 올렸다.

"어쩌면 깃든이끼리 붙지 않으면 되는지도 몰라……."
"붙다니? 만지거나 안거나, 오늘처럼 부딪치는 거?"
Q의 질문에 아레이는 말없이 끄덕였다.
"어째서?"
히카루가 곧바로 다시 물었다.
"이유는 모르지만 아까도 부딪치자마자였지? 그림자계로 들어간 거……. 처음에도 나랑 Q가 부딪친 순간이었어. 두 번이나 같은 일이 겹치잖아."
이유를 모른다고 했지만, 사실 아레이는 내심 유추하고 있었다. 깃든이를 그림자계로 보내는 게 천신의 계획 중 하나라면 황천귀는 분명 그걸 막으려 들지 않을까? 우리 몸도 이물질을 쉽게 안으로 들여보내지 않는다. 면역 시스템을 갖추고, 무언가 침투하려 들면 내쫓아 버린다.
그런데도 뚫고 들어오는 것들이 있다. 이를테면 바이러스. 바이러스는 변이해서 면역 시스템을 비껴가는 데 성공하기도 한다. 이물질이 아닌 척하며 감쪽같이 몸 안으로 들어와 병을 일으키는 것이다.
그림자계를 감싸는 황천 고치도 이물질 감지 시스템을 갖추고 있지 않을까? 땅거미처럼 자신에게 무해한 건 들여보내지만 명백히 위협이 되는 깃든이 같은 존재는 내쫓아야 자연스럽다. 그렇지 않다면 깃든이들은 더 자주 그림자계 안으로 들어갈 수 있었을 것이다.

어떤 조건과 타이밍이 맞아떨어질 때만 천신은 깃든이를 그림자계로 들여보낼 수 있고, 그 조건 중 하나가 깃든이 간의 접촉인지 모른다. 변이 바이러스를 우리 몸이 이물질로 인식하지 못하듯, 깃든이들이 하나의 덩어리처럼 움직일 때 황천귀는 깃든이를 식별하지 못하는 게 아닐까…….

"그렇구나. 부딪치거나 달라붙지 않으면 되는 거네!"

생각에 젖은 아레이 앞에서 Q가 고개를 끄덕이자 별안간 하루코가 폴짝 뛰어 세 사람에게서 떨어졌다.

돌아보는 아이들에게 하루코가 외쳤다.

"붙지 않는 게 좋다면서요?"

"음, 여기선 괜찮을 거야. 그림자계와 겹치는 영역에 있을 때 조심해야 하는 거지."

"그림자계와 겹치는 영역?"

대답을 마친 아레이에게 히카루가 물었다.

네 사람은 학교 후문 앞에 다다라 발을 멈추었다. 아레이는 담벼락 안으로 학교를 들여다보면서 설명했다.

"황천귀가 만든 환상의 세계와 현실의 세계가 맞물리는 곳. 일단 지금은 학교 안, 주차장까지가 그 영역인 것 같아."

"학교 밖에 있으면 괜찮다는 말인가요?"

하루코가 묻기에 아레이는 계속했다.

"지금은 그래. 하지만 분명 그림자계는 점점 넓어질 거야. 나랑 Q가 처음 들어갔을 땐 오늘만큼 넓지 않았어. 학교 본관까지였지."

"그림자계와 겹치는 영역 밖이면 안전한 게 확실해?"

히카루가 묻자 아레이는 하는 수 없이 설명을 이어 갔다.

"처음 그림자계로 가기 전에도 Q랑 부딪친 적 있어. 교문 앞에서."

"엉? 나랑?"

Q는 어리둥절하여 아레이를 쳐다봤다. Q가 기억하리라고 기대조차 하지 않았던 아레이는 개의치 않고 뒷말을 이었다.

"개학식 아침, 네가 나를 세게 치고 갔잖아. 하지만 아무 일도 없었지."

여전히 얼떨떨해 보이는 Q는 조금 난처한지 눈을 깜박깜박하며 말했다.

"너 설마 그 일을 계속 마음에 담아 둔 거냐?"

"담아 둔 적 없어. 그냥 기억하는 거지."

Q와 아레이가 아웅다웅하는데도 히카루는 아랑곳하지 않고 차분히 입을 열었다.

"교문에서 부딪쳤을 때는 괜찮았는데 복도에서 부딪쳤더니 빨려 들어갔다……. 네 말은 그때 교문 쪽은 아직 황천귀의 영역 밖이었기 때문이라는 거네?"

"그렇게 보는 편이 제일 앞뒤가 맞다는 거야."

"흠, 그러면……?"

하루코가 대화에 비집고 들어왔다.

"집에 있을 때 거기로 갈 일은 없다는 말이네요? 목욕할 때나 학원 갔을 때도 괜찮다는 뜻이죠?"

"아마 지금은."

아레이는 확실히 답할 수 없었다.

"그림자계는 넓어지고 있으니까 머지않아 학교 주변도 그 영역에 포함될 거야. Q와 둘이 빨려 들어간 날부터 오늘까지 대략 3주……. 정확히는 22일째인데, 그동안 그림자계의 면적은 네 배 정도 불어났어."

"엇? 그럼 학교에서 걸어서 3분 거리인 저희 집은 위험하지 않나요?"

하루코가 불안한 기색으로 말했다. 그러자 히카루가 옆에서 덧붙였다.

"하지만 그 영역과 겹친 곳에 있더라도 깃든이끼리 닿지 않으면 괜찮다는 거지?"

"아마도."

아레이는 또 애매하게 말했다.

"일단 앞뒤가 맞다는 것뿐이지 정답인지 아닌지는 몰라. 더군다나 조금씩 진화하는 것 같거든."

"진화요?"

하루코가 또 불안스레 되물었다.

"그림자계에 있을 때, 중앙 현관으로 나가려고 했더니 문이 안 열렸잖아? 황천귀가 처음부터 파 둔 함정이 아닐까 하는 생각이 들어. 우리가 지난번 빈틈을 이번에도 찾아올 거라 예상해서 일부러 그 근처에 덫을 놓은 것 같아. 처음 그림자계에 갔을 때는 이런 일이 없었어."

솔솔 부는 봄바람을 들이마시며 아레이는 자신을 주목하는 세 사람의 얼굴을 둘러보았다.

"느낌이 안 좋아."

무심코 본심이 툭 나왔다.

"아주 꺼림칙한 느낌이 들어. 황천귀는 변하는데 우리는 한 치 앞을 몰라. 다음은 어떻게 변할지, 무슨 짓을 꾸밀지."

"그럼 어떡하란 거야?"

그걸 알면 이 고생을 왜 하게.

툴툴대는 히카루를 보며 아레이는 속으로 중얼거렸다.

아이들은 후문 앞에서 헤어졌다.

하루코는 걸어서 3분 거리인 집 쪽으로, 히카루는 방금 온 길을 되돌아 미래신도시 동쪽으로 갔다. 아레이와 Q는 곧장 후문을 지나쳐 서쪽으로 걷기 시작했다.

"9학년 둘이랑 7학년 어쩌고 녀석, 어떻게 됐을까?"

Q가 담벼락 너머로 학교를 바라보며 말했다.

"포기하고 집에 갔겠지."

아레이는 짧게 답했다. Q가 체육관 모퉁이를 돌자마자 사라져서 뒤쫓던 아이들은 어리둥절했을 거다. 아무리 샅샅이 뒤져도 다른 세계로 들어간 Q를 찾기란 불가능했을 테니 귀신이 곡할 노릇이었겠지.

학교 담벼락의 북서쪽 모퉁이가 보였다. 이쯤에서 아레이와 Q가 갈라지려 했을 때였다.

"신이 이 땅에 내려오느니라."

별안간 아레이 머릿속에 웅얼거리는 목소리가 울렸다.

"뭐야? 네가 말했어?"

퍼뜩 놀란 Q가 아레이를 쳐다봤다. 마주 본 두 사람은 일순간 깨달았다.

"고양이다……?"

아레이가 중얼거리자 Q는 두리번거리며 카오스 고양이를 찾기 시작했다.

"야, 고양이! 어디냐! 나와라!"

그러나 운동장 벚나무 그늘에도, 거리에 늘어선 집집의 담장이나 지붕 위에도 카오스 고양이는 없었다.

모습은 보이지 않는데 또다시 우물거리는 목소리가 울렸다.

"신이 이 땅에 내려오느니라. 깃든이는 신을 맞이하라."

"언제? 어디로?"

아레이가 소리 내어 물었다.

"때가 되면 예고가 있으리라."

단호한 대답이 돌아왔다. 목소리는 머릿속에 곧장 울렸기에 도무지 어디에서 들려오는지 거리나 방향을 전혀 짐작할 수 없었다. 분명 두 사람 가까이 있기는 할 텐데, 고양이는 지난번과 달리 모습을 보이려 하지는 않았다.

"남은 두 깃든이를 찾으라.
신이 내려오느니라. 신을 맞이하라.
깃든이는 신과 힘을 합쳐 황천귀를 봉인할지어다."

아레이는 보이지 않는 고양이에게, 아니 고양이를 통해 말을 거는 천신에게 물었다.

"남은 두 깃든이가 누군데! 어째서 우리더러 찾으라는 거야? 알면 가르쳐 달라고."

"맞아, 맞아! 그냥 딱 말해!"

Q도 옆에서 거들었다.

잠시 침묵이 흘렀다. 이윽고 다시 목소리가 퍼졌다.

"그건 신의 계획에 없느니라."

이어서 확 달라진 고양이의 목소리가 머릿속에 울렸다. 카랑카랑하고 까불거리는 말투로 메아리쳤다.

"못 알아듣냐? 너희가 알아서 찾으라는 거야."

"쳇, 쩨쩨하긴."

Q가 여전히 주위를 휘휘 둘러보며 불평했다.

"쩨쩨하다고 해도 어쩔 수 없다고. 나도 모르는데 어쩌겠냐고오. 내가 받은 메시지는 아까 말한 게 다야. 이상 끝!"

"힌트는?"

Q가 물고 늘어졌다.

"힌트쯤은 있을 거 아냐? 언제 신이 내려온다든가, 어느 쪽으로 내려온다든가, 대충이라도. 남은 깃든이는 최소한 여자인지 남자인지, 몇 학년인지, 그 정도도 몰라?"

또 짧은 침묵이 흘렀다.

"천신이 언제, 어디로 내려오는지는 예고가 있을 때까지 알 수 없어. 나머지 깃든이에 대해서도 난 몰라. 음…… 근데 신이 깃든이들을 부를 때 특이한 호칭을 써. 나는 고하는 자, 너희는 여는 자와 읊는 자."

"여는 자가 누구야? 나? 아니면 아레이?"

Q가 속사포로 질문을 끼얹었다.

"그것까진 몰라. 연주하는 자와 닫는 자도 나타났고, 이젠 보는 자와 아는 자를 찾아야 해."

"뭐야 그게……. 힌트가 아니라 수수께끼잖아."

고양이의 답이 시원치 않았는지 Q가 투덜댔다.

"하여튼."

Q의 군소리를 자르듯 머릿속에 고양이의 목소리가 울렸다.

"천신의 메시지는 확실히 전했으니까 난 철수한다. 너희도 그림자계로 다시 끌려가지 않게 조심하라고. 난 주의하고 있어서 괜찮지만."

"뭐야, 간다고?"

Q는 멍하니 또 주위를 두리번두리번 살폈다. 역시 고양이의 모습은 어디에도 없다. 가로수 우듬지가 간드랑거리는 기미도, 조그마한 소리조차도 없다.

"맨날 멋대로 나타나서 제 할 말만 하고 사라지기냐! 뭐, 이번엔 나타나지는 않았지만……"

"신이 이 땅에 내려온댔어."

아레이는 고양이의 말을 떠올리며 중얼거렸다.

"그게 무슨 말일까?"

혼잣말하듯 묻는 아레이를 Q가 눈을 가늘게 뜨고 쳐다봤다.

"진짜로 신이 하늘에서 내려온다고? 그게 가능해?"

"모르지."

고개를 가로저으며 아레이는 저도 모르게 한숨을 내쉬었다.

이것도 저것도 모르는 것투성이다. 천신은 왜 아레이와 Q를 여는 자와 읊는 자라고 부르는 걸까? 어느 쪽이 여는 자이고 읊는 자일까?

연주하는 자와 닫는 자도 나타났다고 했다. 이게 히카루와 하루코라면 연주하는 자는 분명 히카루일 것이다. 그런데 하루코는 무엇을 닫는다는 걸까? 나머지 두 깃든이 또한 도통 가늠할 수가 없었다. 보는 자와 아는 자란 무슨 역할일까, 어떤 능력을 지닌 아이들일까…….

입을 꾹 다문 아레이 옆에서 Q가 부산스레 주변을 휘둘러보고 있었다. 정체불명의 어마어마한 사건에 휘말리는 듯해 아레이도 심란했다.

부드러운 바람이 담벼락을 통과해 불어왔다. 그 속에서 Q가 말했다.

"암튼 오늘은 이만 가자. 또 이상한 데서 헤매기 전에."

상처

그림자계에서 돌아온 직후부터 아레이와 아이들은 책상을 멀찌감치 띄우고 그 간격을 유지하기로 했다. 교과 선생님들은 책상 위치를 별달리 문제 삼지 않았다. 수학 담당 마모루 선생님이 "8학년은 교실을 널찍하게 쓰네." 하고 말했을 뿐이다. 영어 담당 마리코 선생님은 아무 말도 없었다.

교실이 아닌 곳에서도 아이들은 서로 거리를 두는 데 신경 썼다. 그 덕분인지 모르지만 그날 이후 한 달 넘게 그림자계로 끌려가지 않고 있다.

5월 초의 황금연휴가 끝나고 운동장을 둘러싼 벚나무 우듬지에 잎이 무성해지기 시작했다. 짧은 주기를 두고 비가 내렸다 개었다 하며 계절은 바야흐로 여름으로 접어드는 듯했다.

학교는 6월 첫 번째 금요일에 예정된 현장 체험 학습을 위한 준비가 한창이었다. 1학년부터 9학년까지 71명의 전교생이 모두 함께 신도시 외곽의 공원으로 나들이를 간다고 했다.

새로운 깃든이는 발견되지 않았다. 아레이와 Q도, 히카루와 하루코도 은근슬쩍 다른 아이들을 떠보았지만, 영 수확이 없었다.

무언가 뛰어난 구석이 있겠지…….

아레이는 생각했다. 아레이의 기억력이나 Q의 수학 능력, 히카루의 음악 재능처럼 어딘가 범상치 않은 점을 찾으면 될 거다. 그러나 좀처럼 눈에 띄지 않았다. 하루코가 괴력을 철저히 숨겼듯이 남은 두 깃든이들도 특별한 능력을 들키지 않도록 조심하고 있는지 모른다.

아주 기묘한 세계가 바로 옆에 도사리고 있는데 하루하루가 당연하다는 듯 흐르는 게 이상했다.

요즘 아레이는 매일 집에서 교문까지 714걸음으로 꼭 맞게 걷는 습관이 몸에 배었고 육상부 훈련 때 장거리를 달리는 요령도 터득했다.

처음에는 페이스 조절을 못 해 단거리 달리기도 금세 숨이 찼는데, 지금은 심장과 타협해 일정한 심박수를 유지하며 뛰는 법을 어느 정도 익혔다. 아레이는 여름으로 접어드는 계절 속에서 이대로 지구 끝까지 내달리고만 싶었다.

하루코는 괴력을 들켜서 민망했는지 아레이에 대한 마음을 접고 9학년 갈색 머리에게 러브레터를 보냈다고 한다. 두 사람이 사귀는 것 같다는 소문을 아레이는 여동생 아키나에게 전해 들었다.

Q는 한결같이 건성건성 탁구부 부장을 했고, 날마다 교실 구석에서 다리를 떨었다. 다행히도 9학년 콤비와 7학년 야스카와는 그런 Q를 포기한 듯했다.

히카루는 그림자계에 다녀온 날 이후 종종 머릿속에 천신의 멜로디가 들려와 괴로워했다. 끝없이 이어지는 그 멜로디를 떨쳐 내는 유일한 방법은 피아노를 치는 것뿐이란다.

아레이는 딱 한 번 히카루가 피아노 치는 모습을 보았다. 학부모 총회로 동아리 활동이 없는 어느 방과 후의 일이었다. 아레이와 Q가 1미터 간격을 두고 교실을 나서서 남서쪽 모퉁이에 있는 파란색 계단을 내려가려는데 3층 음악실에서 피아노 소리가 들려왔다.

"누가 치는 거지? 음악 선생님인가?"

음악 선생님 이름을 아직 외우지 못한 Q가 말했다.

"선생님들은 모두 총회에 가셨잖아."

"그래? 근데 이건 무슨 곡이지?"

고개를 갸웃하는 Q 옆에서 아레이가 설명했다.

"쇼팽의 폴로네즈, 영웅."

"뭐? 마요네즈?"

Q가 되물었다.

"마요네즈가 아니라……. 쇼팽이 작곡한 폴로네즈 제6번 영웅이라고. 연주하는 사람은 아마……."

"아? 히카루구나!"

Q는 감 잡았는지 크게 끄덕였다.

"가 보자."

냉큼 음악실을 향해 걷는 Q를 아레이도 얼결에 따라갔다.

음악실 문은 살짝 열려 있었다. 운동장 쪽으로 난 창문도 열려 있는지, 피아노 소리와 함께 바람이 문틈으로 흘러나왔다.

먼저 음악실 안을 들여다본 Q가 아레이를 돌아보며 나지막하게 말했다.

"정답! 역시 히카루네. 피아노 잘 치는데!"

Q가 비켜서듯 문 앞에서 물러났기에 아레이도 등 떠밀리듯 안을 들여다보았다.

격렬한 연주였다. 피아노 앞에 앉은 히카루의 뒷모습이 보였다. 건반 위를 빠르게 오가는 오른손과 저음부에서 연달아 튀어 오르는 왼손 사이, 히카루의 몸은 음파에 떨려 하느작거리는 듯했다.

아레이는 손가락으로 건반을 두드려 소리를 내는 피아노의 구조를 한순간 잊어버릴 뻔했다. 누가 연주자고 누가 악기인지, 소리를 내는 쪽과 소리가 나는 쪽이 어디인지 모를 정도였다. 히카루의 손끝에서 용솟음치고 어우러져 짜이며 탄생한 멜로디가 음악실을 채웠다.

어제 저녁을 먹으며 아키나가 히카루 이야기를 꺼냈다. 세 살 아래인 아키나는 히카루와 같은 음악부였다.

"히카루 선배 말이야, 음대부설중학교에 다녔대……. K음대부설중!"

아레이보다 먼저 엄마가 반응했다.

"어머나, 대단하네! 웬만해선 들어가기 힘들다던데. 아까워라. 왜 전학 왔을까……?"

아키나가 아레이와 엄마의 얼굴을 힐끗 번갈아 보며 속삭이듯 말했다.

"괴롭힘당했대."

"뭐? 그랬대?"

엄마가 화들짝 놀랐다.

불쑥 아레이가 말참견했다.

"히카루가 그렇게 말했어?"

"아니."

아키나는 고개를 절레절레 흔들었다.

"히카루 선배는 음대부설중학교 얘기 꺼내는 거 싫어하는 눈치야."

엄마가 인상을 찌푸렸다.

"많이 힘들었나 보네……"

아키나는 돈가스를 입으로 가져가던 손을 멈추고 의미심장하게 고개를 끄덕였다.

"그런가 봐. 히카루 선배 피아노 실력은 아무도 못 따라오거든. 역시 질투 같은 게 있었겠지. 꽤 심했던 모양이야. 그래서 1학년 2학기는 등교 거부를 했대."

"아키나, 넌 히카루가 직접 말한 것도 아니라면서 누구한테 들었냐?"

아레이는 조잘거리는 여동생을 못마땅한 눈초리로 쏘아보았다.

"내 친구 세이코. 걔네 엄마 친구가 K음대부설중 교직원이거든."

와작와작 돈가스를 씹으며 아키나가 대답했다.

"그래서 히카루 선배를 알고 있었나 봐. 유명했다던데? 엄청난 천재가 입학했다고 떠들썩했었대. 그런데 안 좋은 일로 전학 갔으니 안타깝다고들 그런다더라."

"굉장하네! 아키나, 같은 동아리니까 피아노 좀 잘 배워 봐."

엄마가 뻔뻔한 소리를 했다.

"그건 안 돼."

감자샐러드를 입에 왕창 넣은 아키나가 우물우물 말했다.

"히카루 선배, 음악부에서는 플루트 불기로 했는걸. 선생님은 피아노를 추천하셨지만……. 아마 피아노를 보면 괴롭힘당한 일이 생각날 테니까……. 그래서 피아노는 별로 치고 싶지 않을 거야."

아레이는 평소라면 식탁에서 잠자코 있는다. 어지간해서 엄마와 아키나의 대화에 끼는 일은 없다. 하지만 이번만큼은 자기와의 규칙을 어기고 입을 열었다.

"너나 네 친구나, 히카루가 떠올리기 싫은 일을 함부로 떠벌리고 다니는 거, 히카루한테 미안하다는 생각 안 드냐?"

"누가 함부로 떠벌렸다 그래!"

아키나의 목소리 톤이 껑충 뛰었다.

"세이코는 단짝이니까 나한테만 몰래 알려 준 거야! 아무한테도 말하지 말랬다고!"

언제는 전학 가기 싫다고, 친구들과 헤어질 수 없다고 울고불고하더니. 벌써 새 단짝이 생긴 거냐.

아레이는 하고 싶은 말의 반은 삼키며 맞받아쳤다.

"아무한테도 말하면 안 되는 걸 지금 떠들고 있네, 너."

"가족은 예외잖아!"

아키나는 한층 더 곤두세우며 엄마에게 구조 요청을 했다.

"그치? 엄마, 가족끼리 비밀이 어딨어?"

아레이는 떨떠름한 심정으로 여동생을 째려보았다.

억지 부리는 사람에게 바른말 해 봤자지.

아레이는 쓸데없이 에너지를 낭비한 자신에게 화가 났다.

엄마는 옥신각신하는 남매에게서 관심을 끄고 마지막 한술 남은 밥 위에 오이지를 얹어 입으로 가져가려다가 갑자기 생각났다는 듯이 톡 중얼거렸다.

"아레이네 반 친구들은 사정이 다들 다양하네. 큐샤네는 한 부모 가족이라던데……."

"어?"

아레이는 돈가스를 한입 가득 문 채로 굳었다. 놀란 아레이를 보며 엄마는 더 놀란 모양이었다.

"어머, 몰랐니? 학부모 총회 때 큐샤네는 누나가 왔었어. 초등학교 2학년 때 엄마가 교통사고로 돌아가셨다네. 그래서 대학생 누나가 대신 출석해서 인사하더라. 어쩜 그리 똑소리 나고 예쁘던지."

Q가……. 그 촐랑이 Q가, 사고로 일찍 엄마를 여의었으리라고는 생각지도 못했다. 아레이는 가슴에 탁 걸린 것 같은 돈가스를 억지로 삼켰다.

듣지 않았으면 좋았을걸. 히카루의 일도 Q의 집안 사정도. 이렇게 사사로운 이야기를 들으면 두 사람과 적당한 거리를 유지할 수 없을 것 같아 불안했다. 이래서 수다쟁이는 질색이다.

듣고 싶지도 않은 이야기를 술술 떠들어 대니까.

그날 밤, 아레이는 좀처럼 잠들지 못했다. 생각하고 싶지 않아도 Q와 히카루만 떠올랐다. 뭐든지 낱낱이 기억에 담고 마는 능력이 이럴 때 특히 피곤했다. 엄마와 아키나가 주고받은 한 마디 한 마디가 머릿속에서 하염없이 반복 재생됐다.

왜 Q가 편의점 단골이었는지, 어째서 히카루가 항상 뾰족하게 날 서 있었는지 이제야 이해할 수 있었다. 히카루는 마음에 입은 상처가 아직 아물지 않았을지 모른다. 그래서 누군가 조금이라도 상처를 건드릴 것 같으면 화부터 내는 건지도.

아레이는 예전부터 마음의 상처도 몸의 상처와 같다고 생각했다. 어느 쪽이든 상처의 깊이나 크기에 따라 차이는 있겠지만 결국은 상처에 딱지가 앉고, 그 딱지가 떨어질 때까지 견디는 수밖에 없다.

아직 못다 굳은 딱지가 다시 찔리면 상처에서 피가 철철 흐른다. 그래서 히카루는 되도록 피아노를 멀리하고 싶은 거다. 그런데 천신의 멜로디를 멈추게 하는 유일한 방법이 피아노를 치는 일이라니…….

히카루에게 피아노를 만진다는 건 분명 고통일 텐데.

그쯤 생각했을 때, 아레이의 기억이 마음 깊숙이 자리한 묵은 상처를 건드렸다. 상처에서 울컥 피가 뿜어져 나오는 것 같다. 아레이는 감은 눈을 더 꼭 감고 심호흡을 거듭하며 상처에서 멀어지려 애썼다.

아레이의 상처는 더디 낫는 듯했다. 아니, 어쩌면 이대로 낫지 않는 건가도 싶다. 마음의 상처를 치료할 약은 시간과 망각이다. 하지만 아레이의 기억력은 그걸 허락하지 않았다. 아무리 시간이 흘러도 기억은 흐려지지 않는다. 또렷하고 생생하게, 마치 지금 눈앞에 펼쳐지는 일처럼 재생을 반복한다. 그러니 딱지가 지지 않고 상처가 낫지 않는 것이다.

"후유……."

아레이는 침대에 누워 조그맣게 한숨을 내뱉었다.

문득 머릿속에 Q의 얼굴이 떠올랐다. Q의 마음속 딱지는 벌써 굳어 떨어지고 없을까? 엄마를 잃고 얻은 상처는 씻은 듯이 아문 걸까?

걔는 망각의 달인일지도 몰라.

갑자기 낙천적인 Q가 얄미워졌다.

실종

사건은 5월 두 번째 화요일에 일어났다. 그 주는 폭우로 시작되었다. 어린잎을 적시는 부드러운 비가 아닌, 억수 같은 빗발이 월요일 내내 퍼붓더니 화요일 아침이 되어서도 여전히 그칠 줄 몰랐다. 온 도시에 우울한 비구름이 낮게 드리웠고, 북쪽에 줄지은 산줄기는 비 커튼에 가려 보이지 않았다.

"우산 가져가. 오늘은 종일 비가 오락가락한대."

엄마의 당부에 아레이는 커다란 우산을 챙겨 학교로 향했는데, 일기 예보와 달리 비는 오전 중에 거의 그쳐 버렸다. 급식 준비를 시작할 즈음에는 운동장에 어렴풋이 햇살마저 내리쬐려 했다.

전교 급식을 하는 날이었다. 미래통합학교는 학생 수가 적서 아직 본격적으로 급식이 이루어지지 않았다. 평소에는 각자 도시락을 싸 오고 일주일에 한 번 전교생이 급식실에 모여 급식을 먹는다.

100명분도 안 되는 급식을 매일 만들었다가는 수지가 맞지 않을 것이다. 그래서 번듯한 조리실은 사용하지 않았고, 급식을 하는 날에는 옆 동네 초등학교에서 만든 걸 배달해 왔다. 오늘의 메뉴는 크림 스튜와 토마토 샐러드, 핫도그였다.

"앗싸! 스튜다! 많이 줘, 많이!"

신이 난 Q에게 7학년 급식 당번이 스튜를 가득 퍼 줬다.

어수선한 분위기가 감돌기 시작한 건 그때부터였다. 복작복작한 급식실 입구에 1학년 담임 유코 선생님이 나타나 안쪽을 둘러보면서 큰 소리로 외쳤다.

"여기 마사히코 있나요? 피코!"

대답하는 사람은 없었다.

급식 준비를 하러 모인 5, 6학년 담임 선생님들이 무슨 일인가 하고 입구 쪽을 보았지만 배식에 바빠 별다른 말은 하지 않았다. 유코 선생님은 계속해서 사람을 찾겠다고 급식실을 필사적으로 둘러보며 가까운 식탁에 앉은 1학년 여자아이에게 말을 걸었다.

"다마키, 피코 못 봤니?"

여자아이는 고개를 살래살래 흔들었다. 같은 식탁에 앉은 저학년 아이들에게도 유코 선생님이 물었다.

"너희는? 피코 못 봤어?"

"음악실에서 봤어요."

남자아이 하나가 말했다.

"음악실에서? 언제? 4교시?"

유코 선생님의 물음에 남자아이는 "맞아요." 하고 끄덕였다. 주변 아이들이 "음악실에 있었어요."라든가 "4교시 때 봤어요."라든가 "음악 시간에 같이 있었는데."라며 저마다 목소리를 올렸다.

"그러고 나선? 음악 수업 마치고 피코 본 사람 있니?"

"봤어요."라고 말하는 아이는 없었다.

이번에는 음악 담당 마치코 선생님이 급식실에 나타났다. 안경을 낀 여자 선생님이다. 유코 선생님 앞에 선 마치코 선생님은 몹시 불안해 보였다.

"유코 선생님, 화장실에도 없어요. 교직원 화장실 쪽도 일단 확인했는데……"

"신발장은 보셨어요? 피코 신발이 있던가요?"

유코 선생님이 되묻자 마치코 선생님은 야단맞은 아이처럼 몸을 움츠리고 허둥지둥 고개를 가로저었다.

"아니요, 죄송해요. 거긴 확인 못 했어요. 설마 혼자 마음대로 밖으로 나갔으려고요……"

"일단 같이 가 보시죠."

유코 선생님은 급식실을 나가려다가 문득 무언가 생각났는지 안을 돌아보았다. 배식은 거의 마무리되었고 이제 학생 대부분이 자리를 잡은 참이었다. 왁자지껄한 급식실을 향해 유코 선생님이 목청을 높였다.

"잠깐 주목! 여러분, 들으세요!"

5, 6학년 선생님들도 유코 선생님을 도와 학생들을 조용히 시켰다.

"얘들아, 다들 주목!"

식사를 앞두고 떠들썩하던 급식실이 가까스로 잠잠해졌다. 유코 선생님은 학생들의 시선을 받으며 큰 소리로 말했다.

"4교시 이후로 1학년 마사히코의 모습이 보이지 않습니다. 어쩌면 학교에서 길을 잃었을지도 몰라요. 발견한 사람은 바로 교무실에 알려 주세요. 'POL'이라는 영어 로고가 있는 파란 윗도리에 청바지를 입고 있습니다. 다들 '피코'라고 부르니까 마사히코를 발견하면 '피코니?' 하고 물어봐 주세요."

"네에, 알겠습니다! 배고파아요오!"

7학년 꼬맹이 야스카와가 장난스럽게 반응하자 급식실이 한바탕 웃음바다가 되었다.

커다란 식탁을 끼고 아레이 맞은편에 앉은 Q가 이상하다는 듯 고개를 갸웃했다.

"피코라니……. 그 애가 그렇게 작아?"

아마도 Q는 '피코'라는 단어에서 1조분의 1을 나타내는 수학 용어를 떠올렸으리라고 아레이는 짐작했다.

급식실 문이 닫히고 유코 선생님과 마치코 선생님의 말소리는 멀어져 갔다. 아직 선생님들은 문제를 그리 심각하게 여기지 않았다. 그저 1학년이 길을 잃은 것일 뿐이라고 생각하는 듯했다. 유코 선생님에게도 초조한 기색은 없었다. 다들 가벼운 마음이었을 거다. 아레이와 히카루만 빼고…….

"어떻게 된 걸까?"

통로를 낀 옆 식탁에서 히카루의 목소리가 들렸다. 아레이가 눈을 들자 히카루와 시선이 마주쳤다.

"사라졌다니……"

아레이는 히카루가 자기 속마음을 알아맞히기라도 한 듯 덜컥했다. 학교에서 누군가 없어졌다, 그 점이 마음속에 불안을 들끓게 했다.

"금방 찾겠지."

아레이는 두 명 치의 불안을 싹 지우듯 일부러 가벼운 어조로 내뱉었다.

스튜를 떠먹으며 아레이는 지금껏 학교에서 피코를 봤던 몇몇 장면을 머릿속으로 재생해 보았다. 개학식 때와 간혹 등교 시간에 중앙 현관에서, 그러고 보니 그림자계에 처음 들어갔던

오리엔테이션 날에도 봤었다. 1학년 교실 앞 복도를 걷는 아레이를 발견하고 자리에서 일어났다가 혼난 아이가 피코였다. 또렷이 떠올릴 수 있었다. "피코! 지금 뭐 하니?" 하고 선생님에게 주의를 받은 그 아이였다.

그 아이도 깃든이일까?

아레이는 빵을 찢어 든 채 먹는 것도 잊고 생각에 잠겼다.

"빵을 스튜에 넣어서 흐물흐물하게 먹으면 맛있다?"

Q가 말을 걸었지만 아레이는 반응하지 않았다.

"야, 아레이. 해 보라니까! 무지 맛있다고!"

말을 또 한 귀로 흘리며 아레이는 생각 속으로 젖어 들었다.

그 애가 깃든이라서 남다른 능력을 지녔다면 이미 전교에 소문이 났겠지. 그리고 만일 깃든이라 해도 혼자서 그림자계로 들어갈 가능성은 적어······. 적을 거야······.

"그래, 그거야!"

Q의 고성에 아레이는 퍼뜩 정신을 차렸다.

"어?"

아레이는 제 손을 보았다. 찢은 빵을 무의식적으로 스튜에 던져 넣고 있던 모양이다.

"으······."

아레이는 스튜에 흩뿌려져 흐물거리는 빵을 짜증스럽게 숟가락으로 건져 입으로 가져갔다.

"어때? 맛있지?"

"맛없어."

시시한 데 얽매여 꾸물꾸물 생각을 거듭하는 자신이 한심스러웠다.

"엥, 그러냐? 난 맛있던데……."

Q는 왠지 화난 듯한 아레이를 보며 고개를 갸우뚱했다.

히카루는 벌써 급식을 다 먹고 식기를 정리하기 시작했다. 급식실 창문은 수증기와 학생들의 열기로 부유스름하다. 어제부터 내린 비로 바깥 기온이 떨어져서인지도 모르겠다.

5교시는 미술이었다. 자화상을 그리기로 한 날이어서 아레이는 엄마에게 손거울을 빌려 가지고 왔다. 거울에 비친 자기 얼굴을 그린다는 게 어색하게 느껴졌다. 미술은 아레이가 가장 피하고 싶은 과목이다. 순서도 목표도 알려 주지 않고 '원하는 대로', '자유롭게' 무언가를 표현하라고 하면 속수무책이 되고 마니까.

"오빠, 그림 진짜 못 그린다."라는 말을 매번 "시끄럽거든." 하고 받아치면서도 아레이는 속으로 아키나의 말이 맞다고 생각했다. 부옇게 김 서린 급식실 창문을 바라보는 아레이의 입에서 한숨이 새어 나왔다.

점심을 먹고 나서도 피코의 행방은 묘연한 듯했다. 선생님들이 학교 곳곳을 돌아다니며 화장실이나 빈 교실을 두루 살피고 있었다. 이나미 선생님도 교실로 찾아와 "1학년 남자아이 못 봤어?" 하고 다른 선생님들과 같은 질문을 되풀이했다.

"아직 못 찾았나요?"

히카루가 묻자 이나미 선생님은 끄덕였다.

"응……. 신발은 있으니까 학교 안일 텐데 말이다."

"체육관이나 창고도 찾아보셨어요?"

어쩐 일로 히카루가 거듭 질문했다. 행방불명된 피코가 어지간히 신경 쓰이는 모양이다.

이나미 선생님이 또 주억였다.

"체육관이나 수영장, 운동장 쪽도 누가 보러 갔을 거다. 아무튼 너희도 그 1학년 아이를 보면 바로 교무실로 데려와 줘. 거참 이상하네."

그대로 교실을 나가려던 이나미 선생님이 괜히 한마디 더 보탰다.

"다음은 미술이지? 지각하지 마. 곧 수업 종 칠 거다."

선생님이 앞문을 닫자마자 히카루가 웬일로 아레이 쪽으로 다가왔다. 대략 1미터 간격을 유지한 채로 히카루는 "저기." 하고 아레이에게 말을 걸었다.

귀찮다는 듯 시선을 던지는 아레이에게 히카루는 진지한 얼굴로 말했다.

"뭔가 되게 느낌이 안 좋아."

"뭐가?"

아레이의 짤막한 물음에 히카루가 이야기를 꺼냈다.

"어젯밤부터 줄곧 그 멜로디가 이어져. 이렇게 긴 적은 처음이야. 피아노를 쳐도 사라지지 않는 게, 어쩐지 꼭……."

"꼭?"

히카루가 삼킨 말을 끄집어내려 아레이가 되물었다.

"꼭…… '서둘러! 서둘러!' 그러는 것 같아."

"뭘?"

"그건 모르겠지만 느낌이 그래."

히카루는 더욱 알 수 없는 말을 했다.

"설명하기 어려운데, 무언가 해야 할 일을 잊은 기분 알아? 어쩐지 아주 중요한 일을 잊고 있어서 괜히 마음 한구석이 켕기고 초조해지는 느낌."

"엉? 오늘 뭐 숙제 있었던가?"

Q가 생뚱맞은 질문을 했다.

해야 할 어떤 중요한 일을 잊어 본 경험이 단 한 번도 없는 아레이는 무슨 말을 꺼내야 좋을지 몰라 그저 히카루의 얼굴을 쳐다보고 있었다.

짧은 침묵 후 히카루는 마침내 결심했다는 듯 운을 떼었다.

"그러니까…… 이 멜로디가 계속 들리는 거랑 1학년 아이가 학교에서 사라진 게 연관이 있는 것 같아?"

연관이 없다고 확실히 말할 수는 없어서, 아레이는 "연관 없다고 생각해." 하고 대꾸한 뒤 말을 이었다.

"그 피코라는 아이, 아무리 봐도 평범한 1학년이야. 무슨 뛰어난 능력이 있다는 소문도 못 들었고 특이한 구석도 없으니 깃든이는 아닐 거야."

"만약 깃든이라면? 만약 그렇다면 혼자서 그림자계로 빨려 들어간 걸까?"

히카루가 물고 늘어졌다.

"몰라. 혼자 있을 때 그쪽 세계로 들어간 사람은 아직 없지만 확실한 건 모르지. 저번에도 말했듯이 황천귀는 진화하는 것 같으니까. 다음에 어떤 일이 일어날지 아무도 몰라."

5교시 시작을 알리는 종소리가 화들짝 놀랄 만큼 크게 울려 퍼졌다. 아레이는 빠른 어조로 말했다.

"가자. 늦으면 혼날 거야."

"거울 가져온 사람? 저요!"

Q가 혼자 흥에 겨웠다. 아레이도 가방에서 그림 도구와 손거울을 꺼내 회화실로 향했다.

교실을 나와서도 히카루는 여전히 무언가 골똘히 생각하는 듯했다. 머릿속에 흐르는 천신의 멜로디에 귀를 기울이고 있는지도 모른다. 어째서 멜로디는 계속 흐르는 걸까? 끊임없이 그다지도 길게…….

아레이도 복도를 걸으며 생각했다.

천신은 히카루에게…… 아니 우리에게 무언가를 전하려고 하는 걸까?

미래통합학교 북쪽 본관 3층에는 회화실과 공예실이 있다. 그 위 4층에는 목공실과 금속 공예실까지 갖추어져 있었다. 초등학교와 중학교 시설을 하나로 합친 만큼 특별실 종류도 많은 것이다.

회화실 맞은편 복도 벽에는 전시 공간이 마련되어 있어 미술 담당 모리모토 선생님이 각 학년의 작품을 번갈아 가며 전시했다. 지금 커다란 전시판에 죽 내걸린 건 1, 2학년이 그린 학교 풍경이었다.

그 앞을 지나던 아레이 발이 우뚝 멈췄다. Q는 그대로 쭉 회화실로 걸어갔고, 뒤따라오던 히카루는 2미터 거리를 두고 아레이 뒤에서 멈춰 섰다.

"왜 그래?"

복도 벽을 뚫어져라 쳐다보는 아레이에게 히카루가 물었다.

아레이는 한 장의 그림에서 눈을 떼지 못했다. 널따란 운동장과 그 너머에 솟은 학교를 그린 그림이었다.

"아……"

아레이 뒤에서 히카루가 조그맣게 목소리를 울렸다. 히카루도 같은 걸 알아차렸나 보다.

"뭔데? 무슨 일이야?"

회화실로 들어가려던 Q가 되돌아왔다.

아레이와 1미터 떨어진 곳에서 그림을 본 Q도 "에엥!" 하고 소리를 높였다.

갈색으로 칠한 운동장과 그 너머에 그려진 회색 학교 건물. 학교 위 하늘은 새하얗다. 흰색 크레파스를 더덕더덕 칠했다. 그리고 갈색 운동장 한가운데에 여덟 개의 검은 그림자가 삐죽 솟아 있었다.

외눈박이 그림자. 그림자 괴물들이었다. 그림 아래 흰색 팻말에 '1학년 마사히코'라고 쓰여 있었다.

급식실에서 들었던 유코 선생님의 목소리가 아레이 머릿속에서 되살아났다.

'4교시 이후로 1학년 마사히코의 모습이 보이지 않습니다.'

"피코가 그린 그림이야."

아레이가 중얼거리자 히카루가 그림의 한 지점을 가리키며 말했다.

"저것 봐. 여기, 사람 네 명이 있어. 작아서 자세히 봐야 알겠지만…… 우리 아닐까?"

"뭐?"

아레이는 다시 한번 눈을 부릅뜨고 피코가 그린 그림을 봤다. 히카루 말이 맞았다. 학교 건물 아래쪽에 자그마한 콩알 같은 사람이 네 명 있었다.

한 번 더 히카루가 되풀이했다.

"저거, 우리야 분명……. 나랑 하루코, 그리고 아레이랑 큐샤. 그림자 괴물한테 쫓겨 학교 뒤편으로 도망가는 우리를 그린 거야."

Q가 옆에서 의아하다는 듯 말했다.

"어떻게 그걸 그릴 수 있는데? 그림자계를 본 적도 없는 애가 무슨 수로 그린 거지?"

"봤을지도 몰라."

히카루가 말했다.

아레이와 Q는 놀란 듯이 히카루를 보았다. 히카루는 자신을 쳐다보는 둘에게 말했다.

"그야…… 보지 않고선 그릴 수 없잖아? 그 피코라는 아이도 그때 우리랑 같이, 우리가 모르는 사이에 그림자계로 들어왔던 게 아닐까?"

"얘들아, 수업 종 쳤다. 얼른 교실로 들어가렴!"

미술 선생님이 어느 틈에 회화실 앞에 와 있었다.

그때 아레이는 똑똑히 떠올렸다. 스케치북을 끌어안은 1학년들을 본 기억을.

3월 중순……. 맞다, 3월 18일 목요일이었어.

2교시 체육을 마치고 운동장에서 교실로 들어갈 때 1학년 아이들과 마주친 것이다.

그때일까? 이 그림은 그날 그려졌을까? 그렇다면…….

아레이는 머릿속에 떠오른 생각에 마음이 어지러웠다. 심장이 두근두근 뛰는 게 느껴졌다.

"선생님!"

아레이는 다급히 모리모토 선생님에게 물었다.

"이 그림…… 1학년들이 그린 거요, 언제 그린 건가요?"

모리모토 선생님은 아이들이 바라보는 전시판에 눈길을 주고는 잠시 생각하더니 입을 열었다.

"음, 첫 번째 야외 수업이었으니 아마 3월 셋째 주 목요일일걸? 처음 그린 것치고 다 잘 그렸지?"

퍽 하고 머리를 얻어맞은 기분이었다. 역시 피코는 그날, 3월 18일에 이 그림을 그린 것이다. 네 사람이 그림자계로 가기 일주일 전에 이 그림은 완성되어 있었다!

"어? 3월 셋째 주 목요일이면 3월 18일이잖아?"

Q가 어물어물 말했다.

"그렇게나 전에 그렸다고요?"

히카루가 혼란스러운지 눈을 휘둥그렇게 떴다.

"색칠을 미처 못 끝낸 1학년이 있어서 4월이 되어서야 전시를 시작했거든. 안 그래도 이번 주 안에 새 그림으로 바꾸려 했단다."

모리모토 선생님은 살짝 변명조로 말하고서 아이들을 재촉했다.

"자, 이제 수업 시작할 거야. 들어가자."

회화실 문을 드르륵 여는 선생님 뒤로 Q와 히카루의 의문 가득한 시선이 아레이에게 모였다.

"예지야……. 분명 피코는 미래가 보이는 거야."

아레이의 말에 "어?" 하고 Q와 히카루가 되물었다.

널뛰는 가슴을 달래고 부푸는 불안을 삼키며 아레이는 한 번 더 입에서 말을 밀어냈다.

"피코는 그림자계에 있는 우리를 직접 목격한 게 아니야. 미리 안 거야. 우리가 실제로 그림자계로 보내지기 훨씬 전에 이 그림을 그렸으니까, 피코에게는 미래가 보이는 거지. 그렇다면 피코는 보는 자야."

회화실 문밖으로 모리모토 선생님의 얼굴이 빼꼼 나왔다. 여전히 전시판 앞에 옹기종기 모여 있는 세 사람을 보고 선생님이 얼굴을 찌푸렸다.

"언제까지 거기서 떠들래?"

서로 붙지 않도록 주의하며 아레이와 Q, 히카루는 띄엄띄엄 회화실로 들어갔다.

아레이보다 두 칸 뒷자리에 앉기 전에 히카루가 나지막하게 물어 왔다.

"그렇다면 피코는……?"

아레이는 히카루가 무슨 말을 하려는지 짐작됐다.

모리모토 선생님의 눈을 피해 넌지시 끄덕이며 아레이가 속삭이듯이 대답했다.

"피코는 깃든이야, 분명."

보는 자

 6교시가 끝날 즈음에는 긴박한 공기가 학교를 감쌌다. 전교생 모두 동아리 활동은 하지 말고 곧장 하교하라는 교내 방송이 흘러나왔다.

 이제 여유로운 표정을 짓는 선생님은 없었다. 피코는 학교 어디에도 없는 듯했다. 적어도 현실의 미래통합학교에서는 발견되지 않은 모양이다.

 종례 때 얼굴을 비친 이나미 선생님이 신속하게 전달 사항과 주의 사항을 아이들에게 일렀다.

 "내일 3교시 체육 수업은 체육관에서 한다. 실내용 운동화 꼭 챙겨 오렴. 방송 들었지? 오늘 동아리 활동은 없어. 옆길로 새지 말고 곧장 집으로 가도록. 이상."

서둘러 나가려는 이나미 선생님을 히카루가 불러 세웠다.

"선생님, 그 1학년 아이 찾았나요?"

이나미 선생님은 문을 연 채 멈춰 서서 히카루를 보고 고개를 가로저었다.

"아니……. 아직이야. 아무래도 학교 밖으로 나간 것 같으니 지금부터 선생님들이 분담해서 통학로를 돌 거다. 너희도 혹시 하교하다가 비슷한 아이를 보면 학교로 연락해 줘. 부탁하마."

이나미 선생님이 교실을 나가고 문이 닫히기가 무섭게 히카루가 일어나서 말했다.

"어떡할래?"

"어?"

히카루와 시선이 마주친 아레이는 그 질문이 자신을 향하고 있다는 걸 깨닫고 당황했다.

히카루는 답답해하며 다시 입을 열었다.

"어떻게 할 거냐고. 설마 그냥 둘 거야? 그 애……"

"그냥 둘 거냐니?"

아레이는 히카루의 의도를 종잡을 수 없어 되물었다. 어쩔 셈인 걸까? 어떻게 하라는 말일까?

히카루는 조바심이 나는지 미간을 찌푸렸다.

"내 말은, 우리가 아니면 누가 피코를 찾겠냐는 거야. 선생님들은 그림자계가 있다는 걸 모르잖아. 이대로 그 애를 찾지 못하면 어떡해?"

아레이는 히카루를 멀뚱멀뚱 쳐다보며 물었다.

"그래서 네 말은, 그림자계로 피코를 찾으러 가자고?"

"어엉?!"

Q가 야단스레 놀란 목소리를 냈다.

"히카루 너, 그림자계 따위 두 번 다시는 안 간다며!"

히카루는 무시무시한 눈총 한 방으로 Q를 제압하더니 다시 아레이를 보며 입을 열었다.

"당연히 나도 가기 싫지만, 말했잖아? 천신의 멜로디가 계속 보채듯 이어지고 있다고. 이건…… 그 애를 찾으라는 뜻이 아닐까?"

아레이는 머릿속 정보를 필사적으로 정리하며 히카루에게 질문했다.

"언제부터 들리는 거야? 어젯밤이라고 했는데, 몇 시부터였는지 알겠어?"

히카루는 뜻밖의 질문에 당황한 듯했으나 잠시 생각하더니 대답했다.

"10시쯤인가? 조금 넘었던 것 같은데……. 다 씻고 머리 말리고 있을 때니까. 아, 맞다!"

히카루는 무언가 생각났는지 퍼뜩 눈을 치떴다.

"그 왜, 엄청난 벼락이 떨어졌잖아. 그때야. 번쩍하고서 곧장 큰 소리가 났어. 아빠가 거실에서 '오, 엄청난데?' 하고 말했거든. 그 천둥소리와 함께 멜로디가 시작됐어. 그 후로 쭈욱, 지금도 들려."

"10시 7분이네."

아레이는 어젯밤의 장면을 머릿속으로 재생하면서 중얼거렸다. 아레이도 자기 방 침대에 드러누워 그 천둥소리를 들었다. 옆방에서 여동생 아키나가 비명을 지른 그때, 아레이 방의 시계는 10시 7분을 가리키고 있었다.

"엄청 큰 천둥소리! 나도 들었어. 아마 가까운 곳에 번개가 떨어졌을 거라고 누나가 그랬어."

Q도 용케 기억하는 듯했다.

아레이는 타이르듯이 히카루를 보며 입을 열었다.

"멜로디는 아마 피코랑 상관없을 거야. 피코가 자취를 감춘 건 오늘 낮이고 멜로디가 시작된 건 어젯밤이잖아? 우리더러 피코를 찾으라는 메시지라면 그 타이밍에 들리기 시작하는 건 이상해."

아레이가 그렇게 말해도 히카루는 수긍할 수 없는지 화난 듯한 표정으로 아레이를 바라봤다.

교실 천장 가까이 매달린 스피커가 지지직거렸다. 곧 교내 방송이 흘러나왔다.

"알립니다. 오늘 동아리 활동은 없습니다. 아직 학교에 남아 있는 학생들은 서둘러 하교하길 바랍니다. 다시 한번 알립니다. 지금 학교에 있는 학생, 얼른 하교하세요."

나직나직하고 기운찬 마모루 선생님 목소리다. 아까 했던 방송을 반복해 하교를 재촉하고 있었다.

"가자."

Q가 말했다.

아레이는 무언가 하고 싶은 말이 더 있어 보이는 히카루에게서 눈을 돌리고 짐을 정리하기 시작했다.

히카루도 짐을 챙겨 교실 뒷문으로 걸어갔다. 아레이와 Q, 히카루는 띄엄띄엄 떨어져 교실을 나와 중앙 현관에서 신발을 갈아 신고 교문으로 향했다.

조금 전 얼굴을 슬쩍 내민 해를 다시 짙은 구름이 가렸다. 꿉꿉하고 무거운 공기가 몸을 휘감아 왔다. 학생들은 거의 하교하고 없는지 교문 근처에 인적이 뜸했다.

조금 앞서가는 7학년 셋 중에 하루코가 있었다. 뒤쪽을 힐끔힐끔 돌아다보던 하루코는 교문을 나서자 두 친구에게 손을 흔들고 아이들 쪽으로 뛰어왔다.

"선배애!" 하고 부르는 하루코에게 Q가 얼굴을 구겼다.

"오지 마, 다가오지 말라고! 떨어져."

네 사람이 함께 그림자계에 갔다 온 날로부터 47일째. 차츰 넓어지는 황천귀의 그림자계를 생각했을 때, 학교 주변에서 깃든이끼리 달라붙는 건 위험했다.

"나도 안다고요! 딱히 가까이 가고 싶지도 않거든요?"

하루코는 입을 샐쭉거리며 아이들보다 조금 앞에서 발을 멈췄다. 그리고 살짝궁 고개를 갸웃거리며 히카루에게 재잘대기 시작했다.

"히카루 선배, 1학년 소식 들었어요? 아직 못 찾았대요. 아까 주차장 출입문 쪽에 경찰차 두 대가 서 있었다는데, 뭔 일 났나 봐요."

Q가 질세라 대꾸했다.

"그 사라진 1학년, 깃든이일지도 몰라."

"네에?!"

하루코는 눈을 동그랗게 뜨고 아레이와 Q, 히카루의 얼굴을 순서대로 돌아보았다.

"거짓말! 진짜예요? 어떻게 알았어요? 왜 저만 안 가르쳐 준 거죠? 치사해."

아, 되게 요란하네. 꿀밤 한 대 먹일까 보다…….

속으로 중얼대던 아레이는 하루코의 괴력을 떠올리고는 그 마음을 바로 접었다.

"깃든이인 걸 어떻게 알았는데요? 그 애는 능력이 뭐래요?

듣기로는 한시도 가만히 있지 못하는 산만한 애라던데. 일부러 능력을 숨기려고 그런 척한 건가? 멋진데!"

점점 산으로 가는 하루코를 말리려 아레이는 입을 열었다.

"아직 깃든이라고 확신할 수는 없지만, 피코가 그린 그림을 봤거든."

"네? 그림이라면……. 그 아이, 혹시 그림 천재인가요? 그 유명한 화가처럼……. 이름이 뭐더라, 모나리자던가?"

"모나리자가 화가냐?"

Q가 어쩐 일로 제대로 태클을 걸었기에 아레이는 속으로 박수를 보냈다.

"모나리자는 유명한 소설가 아니야?"

박수 취소.

아레이가 한숨과 함께 내뱉었다.

"모나리자는 레오나르도 다빈치가 그린 유명한 초상화 작품명이야."

"뭐가 됐든요. 아무튼, 그림을 잘 그린다는 거죠?"

하루코가 상관없다는 듯 말했다.

"아니, 그림 실력은 그럭저럭이야. 그치?"

Q가 아레이와 히카루를 쳐다보며 말하자 하루코의 얼굴에 '뭔 소리야?'라는 표정이 노골적으로 떠올랐다.

옆에서 히카루가 대신 입을 열었다.

"예지력이 있나 봐. 우리가 그림자계에서 외눈박이 그림자에게 쫓기는 장면을 그렸어. 그 일이 있기 일주일 전에."

"네에? 진짜요? 굉장하다! 예지력이라니 끝내주는데요!"

방방 뛰던 하루코는 문득 무언가 알아차렸는지 헉하고 숨을 삼켰다.

"어? 그럼 설마 그 애가 사라진 건…… 그림자계로 빨려 들어가서예요?"

"그러니까……."

하루코에게 답하려는 히카루의 말을 끊고, 아레이가 입을 떼었다.

"그건 알 수 없다니까. 단순히 어딘가에서 한창 놀고 있을 수도 있고, 지금쯤 선생님이나 경찰이 발견해서 보호 중일 가능성도 있으니까."

"하지만……."

하루코는 골똘히 생각하듯이 고개를 갸웃거리며 아레이를 바라보았다.

"아무리 산만한 1학년이라지만 멋대로 학교 밖으로 놀러 나간다고요? 게다가 신발도 신발장에 있고, 학용품도 그대로 놔둔 채였대요. 4교시가 끝나자마자 후다닥 음악실을 박차고 나가길래 선생님도 친구들도 '화장실 가나?' 하고 생각했대요. 하지만 교실로 돌아오지 않았고 급식 시간에도 없었잖아요. 그래서 한바탕 소동이 난 거예요."

하루코는 제법 정보에 빠삭했다. 아레이는 하루코에게 몇 가지 더 물어보았다.

"음악 수업 중엔 어땠대? 이상한 낌새는? 선생님한테 혼났다든가 친구랑 다퉜다든가······."

만약 어떤 계기가 있다면 아직 어린 1학년은 앞뒤 가리지 않고 학교에서 뛰쳐나갈 수도 있지 않을까 싶어서였다.

"아, 그러고 보니······."

무언가 생각난 듯 하루코가 말을 이었다.

"수업 내내 종이에 낙서를 했대요. 선생님이 그만하라고 몇 번 주의를 줬다는데······. 음악 선생님은 이 일 때문에 그 애가 어디로 나가 버린 걸까 봐 걱정하시더라고요."

"거봐."

아레이는 아까부터 무슨 말을 하려는 듯 쳐다보는 히카루에게 시선을 맞추며 말했다.

"별일 아니겠네. 선생님께 혼났다고 제멋대로 뛰쳐나가 버린 거야, 분명."

"근데 뭐였을까?"

Q가 불쑥 말했다.

"어?"

아레이는 어쩐지 철렁하며 Q를 보았다.

Q가 잿빛 하늘을 올려다보며 또 우물우물 입을 열었다.

"낙서 말이야……. 미래를 그리는 애잖아. 선생님이 하지 말라고 했는데도 계속 했다며."

짧은 침묵 속에서 아레이와 히카루는 얼굴을 마주 보았다.

그러자 하루코가 선뜻 깜짝 놀랄 소리를 했다.

"난해하던데. 보실래요?"

아레이와 히카루, Q의 시선이 일제히 하루코에게 쏠렸다.

"피코가 낙서한 종이를 갖고 있어?"

Q가 물었다.

"네. 잠시만요."

하루코는 부스럭부스럭 가방을 뒤적였다. 그림자계에 떨어트리고 온 가방 대신 새로 장만한 모양이다. 파란 체크무늬 가방이었다.

"왜 네가 이걸 갖고 있는데?"

아레이가 물었을 때, 마침 하루코가 가방에서 종이 한 장을 찾아 끄집어낸 참이었다.

"피코네 반 다음에 우리 반이 음악 수업이었거든요. 유코 선생님이 피코가 놓고 간 물건을 챙길 때 이것만 빠트리고 가셨더라고요. 앞자리 친구가 발견해서 저한테 맡겼어요. 동아리 활동 때 선생님께 전해 드리려 했는데, 바로 하교하게 되어 가지고……."

아레이와 Q, 히카루는 하루코가 펼쳐 보인 구깃구깃한 종이를 쳐다보았다.

이상한 그림이었다.

"돈가스?"

Q가 툭, 제일 처음 생각난 듯한 단어를 뱉었다.

"수세미 아니야?"

히카루도 의견을 냈다. 하루코는 미간을 찡그리며 고개를 갸웃거렸다.

"예술적…… 이라고 하기엔 엉성하네요. 이 삐뚤빼뚤한 선은 뭘까요?"

하루코가 가리킨 건 돈가스인지 수세미인지 모를 타원 모양 물체의 위에서부터 종이의 가장자리로 사선을 그으며 뻗은 꺾은선이었다.

번개 모양?

아레이의 기억이 깨어났다.

"혹시 이거…… 번개 아닐까?"

"번개?"

가장 먼저 히카루가 반응했다. 그림을 뚫어져라 보는 히카루에게 아레이는 이어 말했다.

"천신의 멜로디가 어젯밤 천둥 번개와 동시에 시작됐다고 했지?"

히카루가 그림에서 눈을 떼고 아레이를 보며 끄덕였다.

Q가 입을 열었다.

"근데 말이야, 번개가 친 건 어젯밤이고 피코가 이 그림을 그린 건 오늘 오전이잖아. 그럼 이번에는 미래가 아니라 과거를 그렸다는 뜻?"

"아니······. 미래일지도 몰라."

아레이는 생각하며 말했다.

"오늘도 번개가 칠 수 있잖아? 어제는 예고편, 이제부터가 본편인지도 모르지."

"어제는 예고편이라고······?"

이렇게 Q가 되물었을 때, 하늘이 나지막하게 우르릉댔다. 네 사람은 동시에 하늘을 우러러봤다.

"그럼 이제 번개는 어디로 떨어질까?"

Q가 다시 피코의 그림을 쳐다보며 갸웃댔다.

"음? 이게 뭐죠?"

하루코가 그림의 한구석을 가리키며 말했다.

자세히 보니 번개 모양 선의 맨 밑에 자그마한 쌀알 크기의 동그라미가 그려져 있었다. 그림에서 번개는 갈지자로 뻗어 와 그 작은 동그라미에 이르러 끝났다.

아레이도 실눈을 뜨고 물끄러미 작은 동그라미를 바라봤다.

"번개가 떨어지는 위치인가······. 아니면 이곳에 이미 번개가 쳤다는 건가⋯⋯."

"동그란 거? 돈가스?"

Q는 돈가스에서 헤어나지 못하는 모양이었다.

아레이는 문득 떠올라 Q에게 물었다.

"Q, 어젯밤에 너희 누나가 가까운 데 번개가 떨어졌을 거라고 했댔지? 그 위치도 말했어?"

"안 했는데? 근데 물어보면 알걸? 누나는 항상 재난 문자 알림을 켜 두고 챙겨서 보거든. 아마 어젯밤 천둥 번개 정보도 받지 않았을까?"

말하면서 Q는 주머니에서 핸드폰을 꺼내 바로 누나에게 문자를 보냈다.

"그 천둥 번개가 우리랑 무슨 상관인데? 만약 피코가 어젯밤, 아니면 곧 떨어질 번개를 예지하고 이 그림을 그렸다면 거기에 어떤 의미가 있는 거야?"

히카루는 무거운 공기 속에서 지긋지긋하다는 듯 머리를 흔들었다.

"그리고 나한테 착 붙어서 떠나가지 않는 이 멜로디⋯⋯. 대체 어떻게 해야 그치는 거야? 도대체 천신이 하고 싶은 말이 뭐냐고!"

"아! 누나한테 답장 왔다."

Q가 핸드폰을 쳐다보며 말했다.

"호수……."

Q는 모두를 향해 얼굴을 들었다.

"호수에 떨어졌대."

Q의 말을 들으며 아레이는 다시 한번 하루코의 손에 들린 그림을 쳐다보았다.

"호수였어. 이 타원은 수세미도 돈가스도 아닌 호수야. 삐뚤빼뚤한 선은 아마 호수를 둘러싼 울타리를 그린 거겠지. 피코는 호수에 번개가 치는 장면을 그린 거야."

하루코가 그림을 바라보며 누구에게랄 것 없이 물었다.

"그럼, 역시 이 그림은 어젯밤의 일을 그린 건가요?"

"이 조그마한 동그라미는 뭐지? 번개가 떨어져서 호수에 구멍이라도 뚫렸다는 건가?"

Q가 고개를 갸웃했다.

"몰라. 피코의 그림이 과거인지 미래인지, 작은 동그라미가 뭘 나타내는지, 번개와 천신의 멜로디가 어떤 의미를 지니는지, 우리와 어떤 관계가 있는 건지……. 그리고……."

아레이는 말을 끊고 모두를 둘러본 뒤 덧붙였다.

"피코는 지금 어디에 있는지……."

또 하늘 저편에서 아득한 천둥소리가 났다.

"가 보자."

Q가 말했다.

"호수에 가 보자고!"

"아……."

히카루가 꿀꺽 숨을 삼키고는 나직이 내뱉었다.

"알레그로야……. 박자가 빨라졌어."

호수

네 사람은 학교 남쪽에 있는 호수로 향했다. 가는 동안 아레이는 카오스 고양이가 했던 말을 곱씹고 있었다.

신이 이 땅에 내려온다고 했지……. 예고는 또 뭘 의미하는 거야?

어젯밤의 천둥 번개가 그 예고였던 게 아닐까? 동시에 히카루 안에 울리기 시작한 천신의 멜로디. 다음 날 갑자기 사라진 피코. 이 모든 건 무엇을 뜻하는 걸까?

예로부터 천둥은 신이 내리는 것이고, 신의 음성이라 여겨졌다. 천둥에 신을 겹쳐 본 것이다. 번개가 치면 질소 화합물이 생성돼 땅을 비옥하게 만드니, 신이 땅에 내려와 벼를 여물게 하여 가을철 알곡을 얻는다고 믿을 만도 했다.

고양이의 말에서 '신이 내려온다'는 건 번개를 뜻하는지도 모른다. 하지만 그렇다면 어떻게 그 신을 맞이하라는 말일까? 천신은 아레이와 아이들에게 무엇을 시킬 작정일까?

햇빛과 구름이 하늘에 불길한 대리석 무늬를 그렸다. 회색과 군청색, 실낱같은 오렌지색이 뒤섞여 소용돌이치는 구름을 뚫고 몇 줄기 빛다발이 쏟아져 내리고 있었다. 천둥소리는 아직 멀었다. 그러나 우르릉하고 낮게 울리는 소리가 언젠가는 마을 상공으로 도착할 것이다.

학교에서 호수까지는 걸어서 7분 거리다. 호수를 둘러싼 산책로는 한 바퀴가 1킬로미터 정도여서 육상부는 이따금 호수 둘레를 훈련 장소로 썼다. 학교에서 호수까지 달려가 몇 바퀴 돈 뒤 다시 돌아오는 코스다.

주택가를 빠져나와 찻길을 건너자 초록으로 뒤덮인 둑이 보였다. 산책로는 이 둑 위에 있다. 키 큰 나무가 시야를 가려 아래쪽 도로에서는 둑 위의 산책로도, 그 너머에 있는 호수도 전혀 보이지 않았다.

아레이는 피코를 찾는 선생님이나 경찰들과 맞닥트릴까 봐 마음을 졸였는데, 둑 위에 올라가 보니 주변에는 아무도 없었다. 호수도 산책로도 고요했다. 눅눅한 바람만 수면 위로 불어왔다.

"엑! 여기 없나 봐."

울타리 너머로 호수를 내려다보며 Q가 말했다.

아레이는 무엇을 찾아야 할지 잘 몰랐지만 가슴 높이의 울타리 위로 몸을 내밀어 우묵한 호수 주위를 눈으로 훑었다. 사나운 바람이 불어 물가에 자란 잡초와 버들가지를 흔들었다.

아이들이 선 자리에서 조금 오른쪽 경사면에 나무 한 그루가 부러져 있었다. 나무 중간…… 아니, 뿌리 조금 윗부분부터 뚝 꺾여 쓰러져, 나무껍질 속 고갱이가 쩍 갈라진 상태로 드러나 있었다.

저 나무에 어젯밤 벼락이 떨어졌나?

아레이가 눈을 부릅떴을 때, 한층 더 거센 바람이 울타리에 부딪쳐 왔다. 엷은 햇살이 내리쬐던 하늘은 어느샌가 어두컴컴해져 있었다.

"비 오는 거 아니야?"

바람을 맞으며 히카루가 말했다.

"으아, 우산 학교에 두고 왔다!"

Q의 한탄을 들으며 하늘을 올려다보니 서쪽에서 몰려온 시꺼먼 비구름이 머리 위에서 회오리치고 있었다.

이제 해는 보이지 않는다. 주변이 어둑어둑해졌다. 바람은 그칠 줄 모르고 기세를 더해 가는 듯했다. 호숫가에 높게 자란 풀들이 당장이라도 끊어질 것처럼 몸을 비비 꼬았다.

"이제 집에 가요."

불안하다는 듯 하루코가 속삭인 그때였다. 한순간 플래시가 터진 것처럼 눈부신 빛이 주위를 감싸는가 싶더니 하늘을 두 동강 낼 듯한 굉음이 울려 퍼졌다. 하루코가 비명을 지르며 털썩 주저앉았다.

천둥 번개다!

번쩍이는 순간, 아레이는 번개를 똑똑히 보았다. 더듬이 같은 빛이 하늘에서 뻗어 나오더니 호숫가를 향해 사라졌다. 공기 중에 탄내가 감돌았다. 비릿한 흙냄새도 났다.

"앗!"

아레이는 퍼뜩 정신을 차렸다. 눈앞에서 나무 그루터기가 산산조각 나면서 땅에 구덩이가 푹 파였다. 옆에 남은 나무뿌리에서는 허연 연기 두 줄기가 솟구쳤다.

"우오오오! 나무가 박살 났어!"

Q가 아레이와 같은 곳을 보며 우짖듯이 말했다.

또 주변이 번쩍였다. 아레이는 화들짝 놀라 숨을 삼켰다. 이번에는 천둥소리가 조금 뒤늦게 북쪽 산에서 울려 퍼졌다.

"더는 안 되겠어요! 저는 갈래요!"

하루코가 울먹거리며 일어섰다.

"그래, 가자. 피코도 없잖아. 여기 있어 봤자야."

히카루도 돌아섰다.

아레이가 마지막으로 호숫가를 둘러보려는데, 눈에 꾸물대는 무언가가 걸렸다. 울타리 너머의 파란색 덩어리. 누군가 호수를 둘러싼 경사면의 풀숲을 기어 벼락이 떨어진 지점을 향해 움직이고 있었다.

똑.

굵은 빗방울이 아레이의 코끝에 닿았다.

톡, 톡, 토도독.

한 방울 두 방울 빗방울이 차츰 촘촘히 떨어진다. 거세지는 빗줄기 속에서 아레이가 외쳤다.

"피코!!!"

"뭐?"

히카루와 하루코, Q가 일제히 울타리 너머를 보았다.

틀림없이 피코였다. 파란색 셔츠와 청바지 차림에 흰색 실내화를 신었다. 무엇보다 아레이는 처음 그림자계로 들어가기 직전, 1학년 교실 앞을 지나며 본 피코의 얼굴을 또렷하게 기억하고 있었다.

"어라랏? 쟤…… 뭐 하는 거지? 위험하게! 호수에 빠지면 어쩌려고."

Q가 울타리 위로 고개를 들이밀었다.

말이 떨어지기 무섭게 경사면에서 피코가 넘어졌다. "안 돼!" 하고 히카루가 목소리를 높였다. 피코가 호수 쪽으로 질질 미끄러져 내려가는 모습을 아레이는 조마조마한 심정으로 바라봤다.

"야! 위험해! 올라와!"

Q가 빗속에서 외쳤지만 피코는 아랑곳하지 않았다. 다시 일어서더니 번개 맞은 나무를 향해 가기 시작했다.

바람이 윙윙댄다. 빗방울은 이제 셀 수 없다. 쏴아 쏴아, 폭포수처럼 퍼붓는다. 무자비한 비바람이었다. 빗줄기로 엮은 커튼을 친 것처럼 피코의 모습이 흐려졌다.

"꺄악!"

하루코가 펼친 우산이 바람에 휙 뒤집히고 말았다.

도대체 무슨 생각이지?

아레이는 비를 맞으며 피코의 모습을 눈으로 좇았다.

"피코! 여기로 와!"

히카루가 가까워지는 피코를 불렀다.

"힝, 다 젖었잖아!"

하루코는 망가진 우산을 쥐고 우는소리를 했다.

"야, 꼬맹이! 안 들리냐고!"

Q는 가방을 벤치 위로 던지고는 장대비를 맞으며 울타리를 타 넘었다.

경사면을 올라온 피코가 번개가 떨어진 나무에 다다랐다. 두리번거리며 빗속을 서성이더니, 푹 파인 구덩이 속을 들여다봤다.

뭘 찾는 거지?

아레이는 피코를 따라 나무 주변을 살폈다. 빗물이 눈으로 들어오고, 볼을 타고 줄줄 흘렀다.

모두가 홀딱 젖었다. 비바람은 사정없이 불어닥쳤다.

벼락이 도려내 구멍 뚫린 땅에서는 진흙물이 쏟아져 나와 호수로 흘러들었다. 그 앞으로 무언가가 호숫가 풀숲에 나뒹굴고 있었다. 진흙물에 휩쓸려 경사면을 떠내려갔는지, 당장이라도 호수 속으로 빠질 것처럼 위태롭게 풀숲에 걸려 있었다.

뭐지? 저 동그란 거…….

아레이의 머릿속에서 피코의 그림이 플래시백처럼 되살아났다.

그거다!

아레이는 확신했다.

"피코, 너! 이리로 와!"

Q가 질퍽거리는 땅을 디디며 경사면을 내려갔다.

피코는 저걸 그리고 싶었던 거야!

아레이는 가방을 내던지고 울타리를 기어올랐다. 꼭대기를 타 넘어 호수로 이어지는 경사면으로 뛰어내렸다.

"조심해!"

히카루가 울타리 위로 고개를 들이밀며 소리쳤다.

우르릉우르릉 하늘이 울었다. 비바람에 밀려 아레이는 반쯤 미끄러지듯이 경사면을 내려갔다. 마치 개미지옥 속으로 떨어지는 기분이다.

"야! 피코! 내 말 안 들려?"

Q는 이제 피코와 손 닿을 만큼 가까이 있었다. 꺾여 쓰러진 나무를 넘어 발을 단단히 붙이고, 코앞에 있는 피코에게 Q가 손을 뻗으려던 그때.

"찾았다!"

피코가 외쳤다. 그러고는 땅에 엉덩이를 붙인 채 호수 쪽으로 더 미끄러져 내려가기 시작했다.

뻗은 Q의 손은 간발의 차로 허공을 잡았다.

"에잇! 야! 이리 오라고!"

"피코, 위험해! 그러다 빠져!"

히카루가 외쳤다.

역시 그랬구나······.

아레이는 경사면을 내려가면서 생각했다. 피코는 저 동그란 물건을 찾고 있었다. 저걸 주우러 갈 생각이었다.

컴컴한 수면이 비바람에 뒤엉켜 일렁였다. 풀숲에 걸린 동그란 물건을 향해 호수가 까만 손을 내뻗는 듯했다. 이따금 물결이 풀숲을 쓸어 씻었다.

물가에 다다른 피코가 몸을 내밀었다. 땅에서 엉덩이를 떼고 팔을 뻗은 순간, 중심을 잃고 엎어져 버렸다. 아차 하는 사이에 피코가 물속으로 미끄러졌다.

"피코!"

Q가 남은 경사면을 미끄러져 내려갔다. 아레이도 재빨리 피코가 빠진 호숫가로 뛰어갔다. 물속에서 올라오려고 허우적대는 피코의 양팔을 아레이와 Q가 옆에서 붙잡았다.

그때였다. 섬광이 번득이며 구불텅하게 공기가 비틀린 느낌이 들었다.

"꺄악!"

하루코가 비명을 질렀다. 그러나 섬광 뒤에 따라와야 할 천둥소리는 들리지 않았다.

"엥, 뭐냐?"

Q와 함께 피코의 몸을 물에서 건져 올린 아레이는 하늘을 우러러보며 헉 숨을 삼켰다.

비가 그쳤다. 바람도 멎었다. 아무런 소리도 들리지 않는다. 조금 전까지 몰아치던 폭풍우가 거짓말처럼 잠잠해져 있었다.

새하얀 구름이 호수 상공을 뒤덮고 있다. 호수 반대편 기슭도 구름인지 안개인지에 희끄무레 덮여 보이지 않았다.

설마…… 그림자계인가? 황천귀의 그림자계가 여기까지 넓어졌다고?

쿵쾅쿵쾅 심장이 방망이질했다.

"어라? 비 그쳤네."

Q는 태평하게 하늘을 올려다봤다.

"괜찮아? 피코, 안 다쳤니?"

뒤돌아보니 울타리 너머에서 히카루가 이쪽으로 고개를 빼고 있었다. 하루코는 히카루에게 찰싹 매달려 손을 흔들었다. 책가방은 내팽개쳤는지 한쪽 어깨에 젖은 체크무늬 가방만 메고 있었다.

"선배! 무사해요?"

"오케이, 오케이! 구출 완료!"

Q가 되받아 고함쳤을 때 피코가 갑자기 몸을 비틀어 두 사람 손에서 홀랑 빠져나갔다.

"아……." 하고 숨을 삼킨 Q 앞에서 피코는 몸을 숙여 무언가를 핵 주워 들었다.

동그란 물건이다. 흙을 뒤집어써서 잘 모르겠지만, 두툼한 접시나 쟁반처럼 보였다.

"너! 또 물에 빠질라. 근데 그건 뭐냐?"

"빨리!"

피코가 한 손으로 동그란 물건을 끌어안은 채 다른 손으로는 Q의 팔을 잡았다.

"빨리 도망가자. 가지러 올 거야."

"엥? 도망가? 가지러 와? 누가?"

Q는 혼란스러운 듯했다.

"이제 올라와! 어서!"

히카루가 위에서 안달복달하듯 외쳤다.

아레이가 앞에서 피코의 손을 잡아끌고 Q는 뒤에서 등을 떠받치면서 경사면을 오르기 시작했다. 피코는 동그란 무언가를 품에 꼭 안았다. 아무에게도 빼앗길 수 없다는 듯이……

산책로와 경사면을 구분 짓는 울타리에 다다르자 Q가 먼저 울타리를 넘었다. 아레이가 경사면 쪽에서 피코를 밀어 올리고 Q가 반대편에서 받아 안아 바닥에 내렸다.

"꼬맹이 너, 쪼그만 게 용케 혼자서 울타리를 타 넘고 호수에 갔네?"

Q가 기막힌 듯 감탄한 듯 피코를 내려다보았다.

"으, 다 젖었네. 얼른 가자."

자기도 마찬가지이면서 히카루가 아레이와 Q, 피코를 보며 혀를 찼다. 하루코는 세 사람에게서 한 걸음 물러나며 오만상을 지었다.

"저기……"

마지막으로 울타리를 넘은 아레이가 숨을 고른 뒤 가슴에 맺힌 생각을 털어놓았다.

"이상한 거 못 느끼겠어? 갑자기 비도 바람도 멎었잖아."

"어?" 하고 Q가 되물었다. 히카루와 하루코도 아레이를 쳐다봤다.

"번개가 번쩍인 직후였지? 한순간에 비바람이 그치고 소리가 사라졌어. 그리고 안개야. 봐, 벌써 호수 건너편은 아예 안 보여. 어쩌면 이거……"

아레이는 그렇게 말하면서 울타리에서 멀어져 둑을 에워싼 나무 쪽으로 다가갔다. 마을 전체를 내다보고 싶어서였다. 마침내 둑 아래 풍경이 드러나자, 아레이는 아무 말도 하지 못한 채 굳은 듯 섰다.

"뭐야……. 설마……?"

아레이 뒤에서 Q가 신음했다.

미래신도시를 하얀 안개가 감싸고 있었다. 북쪽에 줄지은 산도 동쪽을 흐르는 강도 서쪽에 뚫린 도로도 안개에 가려 보이지 않았다. 그런데 마을 한가운데만 뻥 뚫려 동그랗게 개어 있었다. 투명한 돔에 덮인 듯 그곳에는 안개가 가 닿지 않았다.

히카루가 망연히 중얼거렸다.

"설마…… 우리 또 그림자계로 들어온 거야?"

"거짓말!"

머리카락에서 물방울을 뚝뚝 떨어트리며 하루코는 격하게 꽥꽥거렸다.

"왜요? 어째서?! 여긴 학교도 아닌데!"

"흠, 여기까지 넓어진 거야."

아레이가 간신히 입을 열었다.

"학교 밖까지 그림자계가 넓어져서 우리가 여기서 빨려 든 거라고. 아까 Q랑 나, 피코가 붙고 히카루랑 하루코가 붙었을 때……."

"싫어! 싫어! 싫어!"

하루코가 떼쓰듯 도리질 쳤다.

"이런 법이 어딨어요! 왜 저까지 와야 해요? 큐샤 선배랑 아레이 선배 때문에! 왜 둘이 붙어 버린 거예요? 위험하다는 거 알면서!"

"야!"

Q가 욱해서 하루코에게 쏘아붙였다.

"그럼 어떻게 해야 했는데? 이 꼬맹이가 호수에 빠지는 걸 두고 봤어야 했다는 거냐?"

"그리고……."

아레이도 귀찮지만 한마디 하지 않을 수 없었다.

"너랑 히카루가 이쪽으로 온 건 우리 탓이 아니야. 빛이 번쩍했을 때 네가 꺄악! 하면서 히카루한테 매달렸잖아."

"내 말이! 생사람 잡지 말라고. 맞지?"

Q가 공감을 구하기에 아레이는 뜨뜻미지근하게 끄덕였다.

"너무해요! 그럼 여기 온 게 제 탓이라는 거예요?"

트집 잡는 하루코에게 한숨이 나왔다.

"누구 탓이니 마니, 먼저 말 꺼낸 사람은 너잖아. 난 그저 오카쿠라와 오이시, 두 사람이 여기로 온 건 우리 탓이 아니라고 했을 뿐이야."

이번에는 아레이가 Q에게 공감을 구하는 시선을 보냈다. 그러자 Q는 당황한 듯 아레이를 보며 소곤소곤 물었다.

"오카쿠라랑 오이시가 누구더라?"

아레이는 이런 애랑 한편이 되려 했던 자신에게 부아가 치밀었다.

"오카쿠라는 히카루. 오이시는 하루코."

"아아······. 히카루랑 헐크구나."

하루코가 째지는 목소리로 소리쳤다.

"헐크 아니라고요!"

아레이가 바다보다 깊은 한숨을 쉬었을 때, 누군가 아레이의 교복 셔츠 끝단을 잡아당겼다. 피코가 나무라는 눈으로 이쪽을 올려다보고 있었다.

"싸우지 마. 어른이면서."

울컥한 아레이보다 한발 먼저 Q가 싹둑 되받아쳤다.

"어른 아닌데."

1학년 애한테 그걸 따지고 들게?

아레이가 한심하다는 듯 쳐다보자 Q는 무안한지 입을 다물었다. 그러나 금방 기운을 차리고는 다시 입을 열었다.

"이게 다 피코, 너 때문이거든? 네가 멋대로 학교를 나가서 호수에 빠지려고 하니까 이 난리가 난 거 아냐. 엉?"

히카루가 옆에서 Q의 말을 가로챘다.

"피코, 여기서 뭐 했어?"

모두의 눈이 캐묻듯이 피코에게 쏠렸다. 피코는 자기를 바라보는 네 쌍의 눈을 차례대로 맞바라보았다. 그리고 내내 부둥켜안고 있던 동그란 물건을 쑥 내밀어 보였다.

"이거……"

"그게 뭔데?"

히카루가 물었다.

"몰라."

"몰라아아?!"

Q가 황당해서 되물었다.

"모르겠지만 중요한 거야."

피코는 무언가를 떠올리려는 듯이 고개를 갸우뚱했다.

아레이는 피코 손에서 동그랗고 납작한 물건을 슬며시 가져와 엉겨 붙은 진흙을 손가락으로 긁어냈다. 두꺼운 진흙 아래로 암녹색 원반이 드러났다.

"거울이야……"

아레이는 원반에 그려진 희미한 삼각형 연속무늬를 바라보면서 중얼거렸다.

"오늘 미술 시간에 쓴 거울이랑 다른데?"

Q가 아레이 쪽으로 기울여 원반을 들여다봤다.

"아주 오래된 고대의 청동 거울인 것 같아."

아레이가 답하는데, 피코가 대뜸 눈을 치켜뜨더니 Q와 아레이 팔을 와락 잡아끌었다.

"곧 올 거야. 이걸 빼앗으러. 빨리 도망가자!"

"누가?"

하루코의 목소리였다.

"까만 괴물."

피코의 말에 하루코 얼굴에 경련이 일었다.

"까만 괴물이라면 그 외눈박이?"

피코는 끄덕이는 대신 Q와 아레이 팔을 다시 잡아끌었다.

"도망가자. 빨리, 빨리!"

"어떻게 도망가?"

히카루가 아레이를 보며 물었다.

아레이는 크게 한 번 숨을 들이쉰 뒤 모두를 보며 대답했다.

"빈틈을 찾아야지."

"네? 이 넓은 범위에서요?"

하루코는 겁먹은 눈으로 둑 아래 마을을 바라보았다.

"피코, 너 미래가 보이지? 어디로 도망치면 되는지, 특별히 본 거 없어?"

퍼뜩 묻는 아레이를 피코는 멍하니 쳐다봤다. 아직 어린 피코는 아레이가 하는 말을 잘 알아듣지 못하는 모양이었다. 애당초 자기 머릿속에 떠오르는 게 미래의 장면이라는 것도 알지 못할지도 모른다.

"피코, 뭐가 보였는지 말해 줘."

아레이는 참을성 있게 피코에게 물었다. 마을로까지 넓어진 이 그림자계에서 단 하나의 빈틈을 찾는 건 여간 어려운 일이 아니다. 실마리 하나 없이 빈틈을 찾을 자신이 없었다.

"호수에서 번개님이 동그란 데 떨어진 거랑……"

피코는 머릿속을 더듬으며 어물어물 답했다.

"괴물이 훅 새까매져서 쫓아오는 거."

피코는 부르르 몸을 떨며 아레이와 Q를 붙잡은 손에 힘을 주었다.

"그리고…… 다 같이 도망가는 거랑 또…… 이런 거."

피코는 한 손가락으로 허공에 휘휘 원을 몇 개 그리는 시늉을 했다.

"이런 거라니, 어떤 거? 그려 봐."

히카루가 교복 주머니에서 물먹은 메모지와 샤프를 꺼내 피코에게 내밀었다.

피코는 메모지 한가득 큼지막하게 정체불명의 그림을 쓱쓱 그렸다.

"뭔데 이게? 쓰레기?"

Q가 묻자 피코는 토라진 듯이 잠자코 입을 삐죽였다.

"얘들아……"

어디선가 목소리가 들렸다.

아이들은 흠칫 놀라 주위를 둘러보았다.

"얘들아……"

"얘들아……"

하나가 아니다. 여러 명의 목소리가 어딘가에서 들려왔다.

"저기!"

히카루가 가리킨 쪽을 돌아보니 호수 건너편 기슭을 감싼 안개가 아른거리고 있었다. 하얀 안개 속에 사람 그림자가 셋 떠 있다. 그 그림자가 안개 커튼을 흔들며 호숫가 산책로에 모습을 드러냈다.

"얘들아……"

맨 앞에서 이쪽을 향해 손을 흔드는 사람을 보고 아이들은 놀란 나머지 말을 잃었다.

"어째서?"

하루코가 쥐어짜듯이 한마디 토해 냈다.

"왜 이나미 선생님이 여기 있지? 유코 선생님이랑 마치코 선생님까지?"

"얘들아……."

"얘들아……."

"얘들아……."

손을 흔들며 미래통합학교 8학년, 1학년 담임과 음악 선생님이 산책로를 따라 다가왔다.

"여기 정말 그림자계 맞아?"

히카루가 아레이에게 질문을 던졌다.

"왜 그림자계에 선생님이 있는 건데?"

Q도 아레이를 보며 물었다.

"몰라."

답하는 아레이 마음속에 희미하게 경보가 울리기 시작했다.

이상하다. 왜 '얘들아'라는 말밖에 안 하는 거지? 어째서 피코를 보고도 놀라지 않는 거야?

피코의 손이 아레이의 팔을 세게 잡아끌었다.

"도망가자! 그 괴물이야! 까매질 거야!"

하트

아레이는 끌려가듯 걸음을 떼었다. 피코에게 팔을 붙들린 Q도 따라왔다. 뭔가 석연치 않았다. 뒤따라 히카루와 하루코도 발을 놀렸지만 다가오는 선생님들에게서 눈을 떼지 못했다.

"어째서? 선생님이잖아요? 왜 도망치는 거예요?"

하루코가 혼란스러운 심정을 내뱉었다.

세 선생님은 벌써 산책로를 반의반 바퀴 넘게 지나왔다. 아이들과의 거리는 20미터 남짓. 이제 이목구비와 표정까지 선명하게 보인다. 하나같이 사람 좋은 미소를 띠고 있었다.

앞장선 이나미 선생님이 손을 흔들었다.

"얘들아……"

똑같은 표정, 반복되는 동작. 거기에서 어떤 감정도, 생각도

읽어 낼 수 없었다.

뭔가 이상해…….

속이 울렁거렸다.

"가자!"

아이들에게 외치며 아레이는 건네받은 청동 거울로 시선을 떨어트렸다. 이걸 손에 들고 움직이기는 번거로울 듯했다.

"하루코, 네 가방 좀 빌려줘."

하루코만 유일하게 그림자계로 가방을 가져왔다. 아레이는 쫄딱 젖은 체크무늬 가방에 청동 거울을 집어넣었다.

"어라? 내 가방은? 어디 갔지?"

"현실 세계에 있겠지. 그림자계에선 없어도 상관없잖아. 빨리 가자."

당황한 Q를 다독이면서 아레이는 계속해 달렸다.

그때 문득 무언가 가슴에 걸리는 위화감이 느껴졌다.

저번에 그림자계에서 현실 세계로 돌아왔을 때 히카루가 손에 들고 있던 플루트, 아레이와 Q가 어깨에 메고 있던 가방은 무사했다. 하루코가 그림자계 바닥에 내던진 가방만 현실 세계에서 사라지고 없었다. 이번에도 마찬가지다. 현실 세계의 벤치에 올려 둔 짐은 그림자계에 없지만 현실 세계에 그대로 있을 것이다.

아이들이 직접 가지고 오지 않는 한, 현실 세계에 있던 물건이 그림자계로 이동할 일은 없다. 마찬가지로 그림자계에 두고 온 물건이 저절로 빈틈을 빠져나와 현실 세계로 이동할 수는 없을 것이다.

나무 사이를 지나 안개 속 마을로 이어지는 계단을 내려가면서 아레이는 퍼뜩 위화감의 정체를 깨닫고 숨을 죽였다.

이 청동 거울, 수상해!

현실 세계의 호숫가에 있던 청동 거울이 어째서 그림자계의 호숫가에도 있는 걸까? 분명 피코는 그림자계로 오고 나서 이 청동 거울을 주웠다. 아레이는 머리가 어지러웠다.

'중요한 거야.'

'올 거야. 이걸 빼앗으러.'

조금 전 피코의 말이 머릿속에 되살아났다. 아레이가 슬쩍 내려다보니 피코는 아레이 손을 꽉 붙잡고 열심히 계단을 걷는 중이다.

찻길에 다다라서 돌아보자 Q와 히카루는 아레이 바로 뒤에 있었지만, 하루코 혼자 아직 계단 중간에서 미련이 남은 듯 선생님들을 올려다보고 있었다. 세 선생님은 목을 빼고 이쪽을 내려다봤다.

"하루코, 빨리 와!"

아레이가 하루코를 다그쳤을 때, 얼굴에 어쩐지 섬뜩한 웃음을 띤 이나미 선생님이 손을 흔드는 게 보였다.

"얘들아……."

게임 화면에 생긴 오류를 보는 기분이다. 그저 무의미하게 같은 동작을 반복할 뿐인 환상. 하루코도 이번에는 무언가 이상하다고 생각했나 보다. 이제야 선생님들에게 등을 돌리고 남은 계단을 단숨에 달려 내려왔다.

다섯 명은 한 덩어리가 되어 찻길을 건넜다. 피코의 속도에 맞추어야 하기에 전력 질주는 할 수 없었다. 그러나 빈틈을 찾으며 달리기에는 이 속도가 딱 좋다고 아레이는 생각했다.

"빈틈을 어디서 찾지? 역시 학교에 있으려나?"

Q의 말을 들으며 아레이도 맹렬히 생각했다.

어디지? 어딜까? 이 넓은 마을에서 어디부터 찾지?

학교, 학교에서 호수까지 오는 길, 육상부 훈련 때 지나는 코스, 쇼핑몰……. 가 본 적 있는 장소에 빈틈이 나타났다면 아레이가 놓칠 리 없을 것이다. 그러나 만약 구경도 못 한 거리나 공원, 마을 한구석에 빈틈이 있다면……. 그때는 빈틈을 알아볼 방도가 없다.

정신 차려 보니 아이들은 아까 온 길을 되짚어 학교 쪽으로 되돌아가는 참이었다. Q의 말마따나 이번에도 빈틈은 또 미래통합학교 어딘가에서 입을 빠끔 벌리고 있을까?

잠깐!

학교로 향하는 마음에 급브레이크를 건 뒤 아레이는 발을 멈추었다.

아레이와 손을 잡고 있던 피코가 푹 고꾸라졌다. Q와 히카루, 하루코도 덜커덩 아레이 주위에서 멈춰 섰다.

"우오오! 벌써 찾았어?"

Q가 기대에 찬 눈빛으로 아레이를 보았다.

"아니."

아레이가 고개를 내젓자 실망한 분위기가 감돌았다.

"하지만 학교로 돌아가는 건 관두자."

"왜?"

묻는 Q에게 아레이가 대꾸했다.

"이러면 또 저번과 같아."

"저번과 같다고?"

이번에는 히카루가 물었다.

"저번에도 무심코 처음에 빈틈을 발견한 곳으로 가려 했어. 동쪽 본관 1층. 하지만 그림자 괴물들이 우리를 잡으려고 매복해 있었잖아? 중앙 현관 유리문이 꿈쩍도 하지 않은 건 함정이었어. 그러니까 이번에는 똑같은 패턴으로 움직이면 안 돼."

"학교에 괴물들이 벼르고 있을 거라는 뜻이에요?"

하루코가 불안하다는 듯이 우거지상으로 물었다.

"확실하지는 않지만 아마 그럴지 모른다는 뜻."

아레이는 고쳐 말한 뒤 말을 이었다.

"게다가 두 번째 빈틈이 첫 번째 빈틈과 달랐으니, 이번에도 아예 다른 곳에 빈틈이 나타날 가능성이 커. 학교를 살피는 일은 나중으로 돌리자."

"그럼, 어디부터 찾을까?"

Q가 주변을 눈으로 훑으며 아레이에게 물었다.

히카루도 주위를 휘휘 둘러보면서 걱정스러운 기색으로 중얼거렸다.

"찾을 수 있을까? 이 마을 어딘가에 있는 빈틈이라니……. 범위가 너무 넓어."

"찾아봐야지."

아레이는 스스로를 다독이듯 말했다.

"만약 못 찾으면요?"

하루코의 질문에 대답하는 사람은 아무도 없었다. 하지만 피코를 뺀 나머지 아이들은 그 답을 알고 있었다. 빈틈을 찾지 못하면 이 그림자계에서 영영 탈출할 수 없다는 것을…….

"얘들아……."

뒤에서 부르는 소리가 났다.

몸이 뻣뻣해졌다. 지금까지와는 다른 울림이었기 때문이다. 사람 목소리라고 할 수 없는, 쇠가 스치는 소리.

돌아다보니 찻길 건너, 둑 중간에 세 선생님이 있었다. 계단을 슬금슬금 내려오는 중이었다.

"저 사람들, 선생님이 아니면 뭔가요?"

아레이는 하루코의 질문에는 대꾸하지 않고 피코 손을 단단히 고쳐 잡은 뒤 마음을 정했다.

"그림자계 변두리를 돌자. 첫 번째도 두 번째도 빈틈은 안개가 흘러드는 경계에 걸쳐 있었어."

그때 선생님들의 모습이 번졌다. 덜 마른 잉크를 손으로 문질렀을 때처럼, 윤곽이 일그러지며 형체가 흐릿해졌다.

"어라?"

Q가 눈을 비비며 고개를 갸웃거렸을 때, 세 개의 형체가 먹물을 뒤집어쓴 듯이 새까맣게 물들었다. 사람 모습을 한 검은 그림자 셋. 그 그림자의 머리 한가운데에 동그란 눈알이 하나씩 떠올랐다.

"히익……"

하루코가 침을 삼키며 숨을 들이켜는 소리가 들렸다.

황천 병사다…….

아레이는 속으로 중얼거렸다.

"변신까지 한다고?"

히카루가 얼빠진 듯이 말하며 뒷걸음질했다.

"이걸 원해. 아주아주! 다 같이 가지러 오는 거야. 그래서 내가 먼저 주웠어. 계속 쫓아올 거야?"

피코가 그림자 괴물들을 쳐다보며 말을 뒤죽박죽 쏟아 냈다.

미래에 관해 말하는 건가? 아니면 지금부터 일어날 일인가? 그림자들은 어째서 이 청동 거울을 원하는 거지? 청동 거울이 대체 뭐길래?

아레이가 이리저리 생각하며 청동 거울을 넣은 가방을 고쳐 든 순간이었다. "아!" 하고 Q가 목청을 키웠다. 검은 그림자가 걸쭉하게 녹아내렸기 때문이다. 그림자는 세 줄기의 까만 물이 되어 단숨에 나머지 계단을 흘러 내려왔다.

순식간의 일이었다. 눈 깜짝할 사이에 까만 물줄기는 도로에 다다르더니 금세 땅에서 솟구쳐 다시 검은 사람 형체가 되었다. 검은 그림자 괴물 셋이 바로 길 건너에서 몸을 일으켜 아이들을 바라봤다.

"도망쳐!"

Q가 외치며 달리기 시작했다.

아이들은 마을을 감싸는 안개와의 경계를 따라 남쪽에서 동쪽으로 달렸다.

그림자들이 입을 모아 으스스한 목소리를 냈다.

"얘애애드으을아아아……"

"얘애애애, 들, 아아아아……"

"얘, 애, 애, 드, 을, 아……"

세 그림자가 까만 팔 여섯 개를 뻗었다.

피코는 발이 느렸다. 이대로 아레이가 세게 끌면서 달리다간 넘어질 것 같다. 조바심이 난 아레이가 소리쳤다.

"하루코! 피코를 업어!"

"네? 제가요?"

아레이는 곧장 피코를 들어 올려 하루코에게 넘겨주려 했다.

"자! 얼른!"

빈틈 찾기에 최대한 집중하려면 하루코의 괴력을 빌리는 수밖에 없다.

"하루코! 부탁해!"

히카루가 옆에서 하루코를 재촉했다.

"헐크! 힘내!"

Q도 열 걸음 정도 앞에서 돌아보며 외쳤다.

"헐크 아니라고 했잖아……"

낮게 깔린 하루코의 목소리가 Q의 귀에는 닿지 않았을 거다. 하루코는 눈에 분노의 화염을 태우면서도 마지못해 아레이 품에서 피코를 받아 들었다.

세 그림자는 팔을 가느다랗게 늘어뜨리고 아이들 쪽으로 걸어오고 있었다.

"가자! 일단 그림자계 변두리부터 도는 거야!"

아레이는 속도를 올렸다. 주위로 풍경이 스쳐 갔다. 쿵쿵 뛰는 심장 박동과 땅바닥을 차는 발소리가 만든 리듬 속에서 아레이는 의식을 집중하고 감각을 곤두세워 눈에 비치는 풍경과 기억 속 풍경의 차이를 계속해서 찾았다.

놓치지 마! 찾아내! 빈틈은 어디지?

전봇대 개수와 간격. 전봇대에 붙은 지번과 광고. 도로에 하얀색 페인트로 적힌 제한 속도 숫자. 길가에 늘어선 집들의 창문 개수, 문패, 벽 색깔. 돌담의 돌 배열. 가로수 종류와 나뭇가지의 생김새.

아레이는 그 모든 걸 놓치지 않으려 둘러보며 기억 속 데이터와 견주어 나갔다.

학교에서 미래신도시 남쪽 일대까지는 슬슬 집이 들어서기 시작해서 '분양 중'이라는 간판을 세운 단독 주택이나 빌라가 줄지어 있었다. 그림자계 변두리를 따라 달리는 아이들은 몇 번이고 앞길을 가로막혔다. 빽빽이 늘어선 집이나 건물 사이사이를 안개가 가로지르고 있었기 때문이다. 그럴 때마다 건물을 빙 돌아 그림자계 변두리를 짚어 나아갔다.

달리면 달릴수록, 빈틈을 찾으려 하면 할수록 조바심이 났다. 정말 찾을 수 있을까? 이만큼 넓어진 그림자계 안에서 단 하나의 빈틈을 찾아낼 수 있을까?

만약 빈틈이 어느 건물 안에서 입을 벌리고 있다면……. 절망에 오금이 굳을 것 같았다.

첫 번째 빈틈은 교실 안에 있었다. 이번에도 또 이렇게 늘어선 집 안에 빈틈이 나타나지 말라는 법은 없다. 아레이는 부풀어 오르는 불안을 이 악물고 마음 깊숙이 눌러 넣었다.

지금 아이들이 지나고 있는 곳은 벽돌집이 줄지은 아름다운 거리였다. 정성스레 가꾼 산울타리, 현관 옆에 흐드러지게 핀 베고니아와 팬지. 그러나 집도 나무도 꽃도 무엇 하나 진짜가 아니었다.

집들은 하나같이 텅 비었고 꽃은 향기가 없으며 나무도 살랑이지 않는다. 마을에는 소리도 냄새도 움직임도 없이 그저 아이들의 발소리와 숨소리가 울릴 뿐이었다.

"아오! 막다른 길이야!"

Q 주위에서 다들 멈춰 섰다. 오른쪽으로 굽이진 끝에서 길은 더 이상 뻗어 있지 않았다. 그 앞의 땅과 높낮이 차가 있어서였다. 한 단 높은 주택가와 경계를 만들며 콘크리트 담이 세워져 있었다.

"돌아가자."

아레이가 어깻숨을 쉬며 말했다.

"어디까지? 다른 샛길 없나?"

히카루가 달려온 길을 되돌아봤다.

피코를 안고 뛴 하루코는 크게 한숨을 내쉬었다.

"어휴……. 또요? 이렇게 그냥 달리기만 해서 정말 빈틈을 찾을 수 있어요? 언제까지 달려야 하죠?"

그야 빈틈을 찾을 때까지.

아레이는 속으로 하루코에게 되받아쳤다.

히카루가 아레이에게 작은 목소리로 따져 물었다.

"근데…… 건물 안에 빈틈이 생길 수도 있는 거 아냐?"

주억이는 아레이를 보며 하루코가 요란스레 "에에엑!" 하고 소리 질렀다.

"그렇다면 달리는 게 무슨 소용이에요! 한 집 한 집 일일이 살피면서 다녀야 하는 건가요?"

구시렁거리는 하루코에게 아레이가 무어라 말하려 했을 때, 피코가 입을 열었다.

"하트가 있는 집으로 도망가자."

"하트?"

고개를 기울이며 아레이와 눈을 맞춘 Q는 피코에게 물었다.

"엥? 설마 아까 그린 게 하트였냐? 쓰레기가 아니라? 그림 지지리도 못 그리네."

"아니거든!"

피코가 쨍하니 외쳤다.

"굿모닝빌일지도 몰라……"

"오엥? 뭐?"

Q가 히카루를 보며 갸우뚱하자 히카루는 모두의 얼굴을 돌

아보며 말했다.

"우리 집 근처에 있는 빌라. 외벽에 수평선 위로 반쯤 얼굴을 내민 태양이 그려져 있어. 붉은 반원 주변을 빨간 하트 다섯 개가 에워싼 모양이야. 피코가 말한 집이 거기일 수도……"

피코는 멀뚱멀뚱했다. Q가 속이 탔는지 캐물었다.

"네가 말한 게 빨간 하트를 두른 해돋이 그림 맞아?"

"해돋이가 뭐야?"

피코를 쳐다본 아레이는 마음을 정했다. 이러쿵저러쿵할 때가 아니었다. 지금은 피코가 본 미래에서 빈틈에 대한 실마리를 찾아야 했다. 그림자계 변두리를 무작정 달리는 것보다야 그편이 백배 나았다.

"히카루 선배네 집, 코코 슈퍼 근처죠? 일단 그쪽으로 가면 되나요?"

하루코의 말에 끄덕이며 히카루가 달릴 태세를 취했다.

"가자, 내가 안내할게."

막다른 길에서 다 함께 발길을 돌이킨 그때였다.

"얘애애들아아아……"

별안간 그림자 괴물의 목소리가 울렸다. 머릿속을 끼익 끼익 긁는 듯한 불쾌한 소리.

"어디지?"

모두 거리 한복판에서 얼어붙은 듯 발을 멈추고 두리번두리번 주위를 훑어보았다.

그림자의 모습은 보이지 않는다.

"얘애애들아아아아……"

또 목소리가 울렸다. 소리 나는 쪽으로 눈을 든 아레이는 께름칙한 점을 알아차렸다.

"안개가…… 부르는 거야……"

목소리는 바로 건너편까지 바싹 다가온 안개 속에서 들렸다. 그림자계를 감싸는 황천 고치 깊은 곳에서 그림자들의 목소리가 계속해 들려왔다.

"얘애애드을아아아……"

"얘애애애드으으을…… 아아아아……"

"얘애…… 드을…… 아아아아아……"

하나가 아니다. 소리가 겹쳐 울렸다.

"윽, 큰일이다!"

Q도 여럿이라는 걸 알아차렸는지 경직된 얼굴로 안개를 바라봤다.

"꺄! 꺄악! 꺄아악!"

비명을 세 번 연발한 하루코가 피코를 끌어안고 큰길로 달려갔다. 모두 그 뒤를 따랐다.

"얘애들…… 아아아……"

막다른 골목을 벗어나기 한 걸음 전, 검은 그림자들이 나타나 앞을 가로막았다. 그림자 괴물 셋……. 아이들은 고꾸라지듯 멈춰 그림자들과의 충돌을 아슬아슬하게 피했다.

"봐!"

히카루가 방금 뛰어온 길을 돌아보며 말했다.

"땅거미……."

양옆 집들의 울타리와 가로수 응달에서 공포를 먹는 거미 떼가 조르르 기어 나와 길 위로 퍼졌다.

"으앙!"

하루코 품에서 피코가 비명을 내질렀다. 선수를 빼앗긴 하루코는 소리도 내지 못하고 눈을 동그랗게 뜬 채 굳었다.

앞을 가로막은 세 그림자가 팔을 뻗기 시작했다.

"으악! 으아악! 우왓!"

Q가 고함치며 뒤돌아 뛰었다.

아레이와 히카루, 하루코도 도돌이표 찍듯 막다른 골목으로 되짚어 달려갔다. 발치의 땅거미들이 사락사락 길섶으로 몸을 피했다.

"얘애드을아아아……."

오른쪽 집 너머에 펼쳐진 하얀 안개 속에서 또 다른 그림자의 목소리가 울렸다.

눈 깜짝할 사이에 골목의 끝이 보였다. 콘크리트 담이 코앞으로 다가왔다.

"헐크! 헐크! 어떻게 좀 해 봐!"

Q가 외치는 다급한 소리에 하루코가 살벌하게 째려봤다.

"헐크라고…… 하지 마."

당황한 아레이 입에서도 금지어가 튀어나왔다.

"헐크…… 아니, 하루코! 담을 허물어 줘. 부탁이야! 피코는 내가 맡을게. 자, 어서! 헐크…… 가 아니라 하루코!"

아레이까지 헐크라 부르자 하루코의 분노는 마침내 최고조에 달한 모양이다.

"다들 이러기야?!"

하루코는 안고 있던 피코를 내던지듯이 땅에 내려놓았다.

"얘애드을아아."

"들아, 드을아."

"드, 으을, 아……."

세 그림자 괴물이 점차 가까이 다가왔다.

아레이는 피코를 안아 올리며 하얀 안개를 눈으로 좇았다.

저건 뭐지?

지붕 위로 밀려오는 안개 여기저기가 올록볼록 부풀었다. 마치 하얀 커튼 뒤에서 누군가가 얼굴을 쑥 들이밀려고 하는 모양새다.

하루코가 옆 전봇대를 두 손으로 잡았다. 순식간에 우두둑,

둔탁한 소리를 내며 전봇대가 뽑혔다.

"와아!"

피코가 탄성을 내질렀다.

"이 누나 헐크야? 초능력 헐크 맞지?"

해돋이는 모르면서 초능력 헐크는 아냐?

아레이는 피코를 보며 픽 헛웃음이 나왔다.

꿀렁이며 다가오는 그림자 괴물들을 곁눈질하며 히카루가 외쳤다.

"하루코, 어서!"

히카루의 목소리를 신호로 하루코가 번쩍 쳐든 전봇대를 그림자들에게 내리쳤다.

우렁찬 소리와 함께 도로에 처박힌 전봇대 윗부분이 산산조각 났다. 바스러진 콘크리트 파편처럼 검은 그림자들도 형체를 알아볼 수 없게 갈가리 부서져 흩어졌다.

그러나 까만 안개는 금세 또 한데 모이고 뒤엉켜 원래 모습을 되찾으려는 듯했다.

"얼른! 담을 허물어! 그림자가 다시 원상 복구하기 전에!"

아레이는 외치면서 슬쩍 지붕 위 안개를 살폈다. 그리고 저도 모르게 "앗!" 하고 놀란 목소리를 올렸다.

"얘애애드을아아아……"

"얘들얘드…… 을아아……"

아이들은 어찌할 바를 모르고 그저 숨죽인 채 하얀 안개를 올려다볼 수밖에 없었다.

안개 속에서 까만 머리 여러 개가 쑥쑥 자라나더니 그 한가운데에 눈알이 번쩍 생겨났다. 안개를 뚫고 나온 머리들은 하나뿐인 눈알을 뒤룩거리며 막다른 골목에서 얼어붙은 아이들을 내려다보고 있었다.

"얘애드을아아."

"얘애애애, 드으으을, 아아아아……."

새로 나타난 그림자 괴물들이 한목소리로 외쳤다. 쇠붙이가 스치는 듯한 소름 돋는 목소리로 아이들을 불렀다.

"무서워……. 엄마!"

아레이 품에서 피코가 울음을 터트렸다. 발밑으로 땅거미들이 다시 기어든다. 그림자들은 안개 속에서 스르르 몸을 더 내밀었다.

"헐크! 담을 부숴!"

아레이가 정신없이 외쳤다.

거리에 흩어진 검은 그림자도 서서히 형체를 되찾으려 했다. 벌써 어렴풋이 윤곽이 보였다.

하루코가 끝이 부서진 전봇대를 고쳐 쥐고 콘크리트 담에 메어쳤다.

한 번, 두 번, 세 번, 네 번.

담이 후드득후드득 부서진다. 아이들은 사방으로 튀는 콘크리트 파편을 맞지 않으려 조심하면서 담이 무너지기를 조마조마하게 기다렸다.

"얘애, 들아아."

"드을, 아아."

안개 속에서 빠져나온 그림자 괴물들이 지붕 위에 납작 엎드려 매달렸다. 거기서 단숨에 아이들이 있는 길로 내려올 생각인 듯했다.

와르르!

거친 소리와 함께 드디어 콘크리트 담 한 귀퉁이가 무너져 철근 골조가 드러났다.

하루코가 짧아진 전봇대를 휘리릭 집어 던졌다. 그리고 울타리처럼 늘어선 철근 막대 두 개를 잡아 사이를 확 벌렸다. 그 사이로 호수를 둘러싼 둑이 모습을 드러냈다.

"헐크다아……."

피코가 속삭이듯이 말했다.

"우아아……."

Q도 감탄했다.

"얘애드을아아아아……."

"얘들아아."

외눈박이 그림자 괴물들이 집집의 지붕 위에서 까만 물줄기가 되어 쏟아졌다.

"가자!"

아레이는 맨 먼저 부서진 콘크리트 담을 통과해 피코를 땅에 내려놓았다. 그리고 피코의 손을 이끌고 호수를 향해 뛰기 시작했다. Q와 히카루, 하루코도 담을 지나왔다.

피코를 힘껏 잡아끌며 둑을 오르는 계단에 발을 내디딘 아레이는 앞쪽으로 눈을 들었다가 얼어붙었다. 3미터가량 되는 둑 꼭대기에서 그림자들이 내려다보고 있었다.

열쇠

"비켜요."

주춤대는 아레이 뒤에서 낮은 목소리가 들렸다.

하루코다. 무너진 담에서 떨어져 나온 거대한 콘크리트 덩어리를 머리 위로 쳐들고 있었다.

"헐크, 가라! 가라! 멋져!"

피코가 폴짝거리며 좋아했다.

하루코의 얼굴이 붉으락푸르락했다.

"헐크……."

황급히 옆으로 몸을 피하는 아레이 머리 위로 콘크리트 덩어리가 휙 날아갔다.

"아니라고!"

하루코의 분노 어린 목소리와 더불어서……

둑 위에 진을 치고 있던 그림자 괴물 한복판에 콘크리트 덩어리가 명중해 떨어졌다. 까만 안개가 되어 흩어지는 그림자를 보며 아레이는 소리쳤다.

"얼른! 지금이야! 서두르지 않으면 그림자들이 금방 부활할 거야!"

그러나 그때 하루코는 이미 두 번째 콘크리트 덩어리를 머리 위로 높이 들어 올리는 참이었다.

"하루코, 이제 됐어! 얼른 가자!"

"이것들을 해치우고 나서요."

아레이를 등지고 하루코가 거리 쪽으로 돌아섰다.

아이들을 따라 그림자 괴물들이 미끄러져 내려오고 있었다. 안개 속에서 나타나 집집의 지붕에 매달린 그림자들이 까만 물줄기가 되어 물컹물컹 거리로 흘러내렸다.

"먼저 가!"

히카루가 외쳤다. 하루코를 기다릴 작정인 듯했다.

"피코 데리고! 코코 슈퍼 뒤쪽 자전거 보관소, 거기서 만나자. 바로 뒤따라갈게!"

"어! 알았어!"

Q가 피코의 남은 한 손을 잡았다.

아레이와 Q는 양옆에서 피코를 잡고 둑을 단숨에 올라갔다.

둑 위에 어른어른 떠다니는 까만 안개 속을 뚫고 나오던 찰나에 따끔따끔 공포가 몸으로 스며드는 느낌이 났다. 휘감아 붙는 안개를 뿌리치고 아레이와 Q는 달음질쳤다.

이번에는 Q가 피코를 업고 달렸다. 가능한 한 최단 거리가 되도록 길을 고르며 코코 슈퍼로 향했다. 그림자들이 있던 곳에서 순식간에 멀어졌다.

지금쯤 히카루와 하루코도 도망쳤을까?

불안이 가슴을 단단히 움켜쥐는 느낌이다.

"좋았어! 저기, 코코 슈퍼다!"

Q가 손짓했다. 완만한 언덕을 오르니 건너편에 슈퍼 건물이 보였다.

거리는 조용했다. 그림자 괴물들의 모습도 보이지 않고, 자동차 또한 한 대도 다니지 않는다. 신호등이 빨간불이었지만 아레이와 Q는 주저 없이 슈퍼를 향해 도로를 가로질렀다.

크림색으로 칠한 담 중간에 뚫린 통로로 들어서니 주차장이 나왔다. 쥐 죽은 듯 고요했다. 널따란 공간에 주차된 차는 없다. 텅 빈 주차장 저편에 어두컴컴한 슈퍼 건물이 서 있었다.

그림자계 경계가 슈퍼 인근을 가로지르고 있었다. 건물 일부는 하얀 안개에 삼켜져 아예 보이지 않았다.

아레이와 Q는 조심스럽게 주위를 살폈다.

"없는 것 같지? 그림자 괴물……"

아레이가 끄덕이자 Q는 피코를 살포시 내려놓고 후유 숨을 뱉었다.

"헐크는?"

피코가 물었다.

아직 두 사람이 올 기미는 없었다. 또 불안이 슬며시 아레이 가슴을 조인다.

"그 누나, 진짜 헐크야? 근데 왜 초록색이 아니야? 나중에 변신도 해?"

피코가 연거푸 물었다.

"애들 괜찮을까?"

피코의 질문은 못 들은 척 Q가 중얼거렸다.

아레이는 가슴에 맺힌 불안을 떨치려 피코의 손을 잡고 걷기 시작했다.

"자전거 보관소에 가 보자. 거기로 바로 올지도 몰라."

슈퍼 건물을 끼고 주차장 반대편에 자전거 보관소가 있다. 뒷길로 오면 곧장 그쪽으로 올 수 있었다.

피코가 아레이의 팔을 흔들며 또 물었다.

"헐크가 변신하는 거 본 적 있어?"

"없어."

아레이는 시큰둥하게 대답했다. 피코는 잠시 생각하더니 다시 물었다.

"어떤 헐크? 영화에 나온 헐크? 아니면 헐크 누나?"

"둘 다 변신하는 거 본 적 없어."

그렇게 답한 뒤 아레이는 혹시 몰라 쐐기를 박았다.

"분명히 말하지만, 하루코는 변신 안 해."

"진짜?"

피코의 눈에 당황한 빛이 떠올랐다.

"하루코라면 그 헐크 누나?"

"그래."

퉁명스럽게 아레이가 끄덕거렸다.

진심으로 실망했는지 피코는 입을 다무는 듯하더니, 마지막으로 한 번 더 아레이를 올려다보며 희망을 걸고 물었다.

"초록색으로는 변해?"

"안 변해."

이번에야말로 피코는 침묵했다. 그림자 괴물이 쫓아오는 상황보다 하루코가 초록색으로 변하지 않는다는 사실이 더 충격인가 보다.

얌전해진 피코의 손을 잡아끌고 아레이는 주차장을 곧장 지나 슈퍼 뒤까지 걸어갔다. 한발 먼저 건물 모퉁이를 돈 Q가 소리를 올렸다.

"엥, 뭐야! 하루코, 벌써 와 있었네!"

납덩이같은 불안이 녹고 마음이 가벼워지는 듯했다.

"하루코!"

헐크가 아니라 하루코라고 부르며 손을 흔드는 Q 옆에서 아레이는 슈퍼 뒤쪽을 건너다보았다.

자전거 보관소는 기다란 건물의 한중간에 마련되어 있었다. 주차장과 마찬가지로 보관소에는 단 한 대의 자전거도 보이지 않는다.

텅 빈 자전거 보관소에 하루코가 우두커니 서 있었다. 이름을 부르는 Q에게 하루코가 방긋 웃으며 손을 흔들었다.

"히카루는?"

아레이는 고개를 갸웃거리며 Q와 함께 하루코에게 향했다. 그때 갑자기 피코가 아레이의 손을 뿌리치고 반갑다는 듯 외치며 달리기 시작했다.

"헐크!"

피코 녀석, 하루코가 헐크일 거란 희망을 버리지 않았군……. 아레이는 속으로 중얼대며 픽 웃었다.

"야, 헐크! 히카루는 어딨어?"

들뜬 Q까지 구태여 헐크라는 금지어를 외쳤다.

하루코가 또 활짝 웃으며 손을 흔든다.

아레이는 그제야 기묘한 점을 알아챘다. 그 순간 온몸의 모공이 열리며 식은땀이 왈칵 뿜어져 나오는 것 같았다.

"멈춰!"

조금만 더 가면 하루코에게 다다르는 피코를 향해 아레이가 소리쳤다.

"피코, 멈춰! 가지 마!"

피코가 화들짝 놀라 아레이 쪽을 돌아보았다. 아레이는 더 크게 소리를 지르며 피코에게 달려갔다.

"이리 와! 얼른!"

피코는 벙벙한 얼굴로 그 자리에 우뚝 섰다.

"헐크가 아니야!"

하루코가 또 싱글벙글 손을 흔든다.

말도 안 돼. 헐크라는 소리에 저렇게 좋다고 웃는 하루코라니……. 가짜야!

아레이가 피코의 손을 잡아 힘껏 끌어당겼을 때, 쇠 긁는 소리가 흘러나왔다.

"얘애드으을아아아……."

눈앞에서 하루코의 모습이 번졌다. 윤곽이 흐려지고 형체가 부예졌다. 그러더니 다음 순간, 새까만 그림자 괴물이 모습을 드러냈다. 기나긴 양팔을 앞으로 뻗는 그림자를 피해 아레이는 피코 손을 이끌고 뛰기 시작했다.

어느샌가 아레이를 바싹 뒤따라온 Q가 피코의 반대편 손을 잡았다. 아레이와 Q는 양쪽에서 피코를 잡고 그 작은 몸을 거의 질질 끌다시피 달렸다.

"여기야!"

뒷골목 길 건너에서 히카루의 목소리가 들렸다.

"선배, 여기요! 여기!"

하루코도 있다. 진짜 하루코인 것 같았다.

하루코가 길을 다 건넌 아레이와 Q 사이에서 피코를 안아 들었다.

"앗싸! 헐크다! 진짜 헐크!"

"헐크 아니거든!"

팟 쏘아보며 하루코가 달린다. 아레이와 Q, 히카루도 그 뒤를 따라 달렸다.

"얘애애드을아아."

"얘애애들아아아아."

"얘애애드으으으으을아."

"드으으으을."

"아아아아아아."

그림자들의 목소리가 여럿 포개어 울렸다. 하나가 아니다. 무더기로 쫓아오는 모양이다.

빨간 지붕의 연립 주택 모퉁이를 오른쪽으로 꺾어 돌면서 히카루가 말했다.

"그림자 괴물의 재생 속도가 빨라졌어. 하루코가 뭉개 놔도 금세 돌아와 버려."

"어서…… 빈틈을 찾자."

아레이가 다짐하듯 웅얼거렸다.

"저기, 굿모닝빌이야."

히카루가 앞을 가리켰다.

슈퍼에서 두 블록 정도 떨어진 거리와 맞닿은 3층짜리 건물. 외벽에 '굿모닝빌'이라는 글씨와 함께 빨간 반원과 다섯 개의 하트를 조합한 해돋이 그림이 그려져 있었다.

아이들이 서 있는 거리에서 보니 굿모닝빌의 2층과 3층 베란다는 층별로 일곱 개씩이었고, 1층 베란다는 담벼락에 가려져 보이지 않았다.

"피코, 네가 말한 집이 맞아? 여기 빈틈이 있다고?"

굿모닝빌 앞에 도착하자마자 아레이는 하루코의 품에 안긴 피코에게 물었다. 그러면서 '빈틈'이라는 말을 피코가 알 리 없다는 걸 깨달았다.

아레이가 이제껏 본 적 없는 건물이었다. 이 어딘가에 있는 빈틈을 찾으려면 어린 피코만을 의지해야 한다고 생각하니 가슴이 더 답답해졌다.

얼떨떨한 듯 굿모닝빌을 올려다보는 피코 옆에서 문득 히카루가 말했다.

"나, 다른 점을 찾았어……."

아레이와 Q, 하루코가 일제히 히카루를 쳐다봤다.

"가자!"

히카루가 앞장서서 계단을 향해 달렸다.

"뭔데? 어디가 다른데?"

뒤쫓아 가며 Q가 캐물었다.

"2층이어야 해."

히카루는 첫 번째 계단에 발을 걸치고 답했다.

"원래 굿모닝빌에 3층은 없어."

탁탁 계단을 뛰어오르는 히카루의 뒷모습을 바라보면서 아레이는 고개를 끄덕였다. 환상의 학교 동쪽 본관에 교실 하나가 더 생겨났듯이, 주차장이 다섯 칸 더 넓어졌듯이, 이 건물에는 원래 없어야 할 3층이 나타났다.

아레이는 계단을 오르면서 잽싸게 복도에 죽 늘어선 현관문을 눈으로 훑었다. 층마다 일곱 개씩 줄지은 베이지색 문에는 문구멍이 뚫려 있고, 그 위에 집 호수로 보이는 금색 숫자가 붙어 있었다.

1층에서 가장 계단과 가까운 문의 번호는 7. 그 바로 위의 2층 문은 14. 1층 가장 안쪽 문부터 순서대로 1부터 7까지의 번호가 달렸고, 2층도 똑같은 차례로 8부터 14까지의 번호가 붙어 있는 모양이다.

그러나 3층 복도에 도착한 아이들 앞에는 번호가 없는 문이 일곱 개 늘어서 있었다.

Q가 입을 열었다.

"아무 문이나 열고 들어가면 현실 세계로 돌아갈 수 있지 않을까? 그 왜, 지난번 자동차 문처럼!"

"열어 보자."

히카루가 계단과 제일 가까운 문손잡이를 돌렸다.

문은 열리지 않는다.

하루코가 피코를 복도에 내려놓고 두 번째 문에 덤벼들어 손잡이를 돌렸다.

역시 열리지 않는다.

아레이와 Q, 피코가 차례차례 손잡이를 돌려 보았으나 단 하나의 문도 열리지 않았다.

"얘애애드을아아아."

"얘애애드으을아아."

"드을아……"

그림자들의 목소리가 다시 가까워졌다.

"비켜 봐요! 제가 열게요."

"기다려."

힘으로 문을 열려는 하루코를 아레이가 말렸다.

억지로 문을 부수고 들어가더라도 그림자계에서 빠져나갈 탈출구는 열리지 않을 수 있다. 절차가 필요했다.

우선 그림자계에서 오직 하나뿐인 다른 점, 빈틈을 찾은 뒤 그 빈틈에서 또 빈틈을 찾아내야 했다. 그래야 현실 세계로 돌아갈 수 있었다. 빈틈 속의 빈틈인 오류를 찾는 일이 열쇠라면, 그 열쇠 없이 탈출구의 문을 열 수는 없을 터였다.

시선이 쏠리자 아레이는 딱 한 마디 던졌다.

"빈틈을 찾자."

히카루가 놀랐는지 눈을 희번덕거렸다.

"무슨 말이야? 그러니까 여기가 그 빈틈이잖아?"

"오옷, 알았다! 빈틈 속 빈틈 말이지?"

아레이는 오늘따라 눈치 빠른 Q가 고마웠다.

"일단 때려 부숴서 들어가 보면 되잖아요."

막무가내인 하루코에게 아레이는 인내심을 가지고 말했다.

"그러다가 탈출구를 망가트릴 수도 있어."

"무슨 소리야?"

히카루가 초조해하며 되물었다.

Q가 아레이 대신 끼어들었다.

"그러니까 전화를 걸려면 핸드폰에 상대방 전화번호를 똑바로 눌러야겠지? 번호를 틀려 놓고 연결이 안 된다고 식식거리면서 때려 부수면 두 번 다신 전화를 못 건다는 말씀!"

어쩐지 알쏭달쏭한 공기가 주변을 감쌌다.

"저기……"

피코가 복도 난간 너머를 내려다보며 말했다.

"쟤들이 왔어……"

아이들은 그 말에 퍼뜩 건물 아래를 내려다보았다.

그림자들이 굿모닝빌 아래로 모여들었다. 열…… 스물……. 그림자 괴물이 계속 불어났다. 그러나 아직 계단을 올라오려는 기색은 없다. 그림자들은 1층 출입문 밖에서 득시글대며 물끄러미 이쪽을 올려다보고 있었다.

하루코가 복도 끝에 있는 계단으로 달려갔다. 건물 벽면에 설치된 철제 계단이 으드득 떨어져 나오는 걸 곁눈질하면서 아레이와 Q는 빈틈 찾기에 집중했다.

"숫자라는 거지?"

Q가 중얼댔다.

"마방진을 망친 3처럼…… 사교수가 아니었던 14159처럼 이번에도……"

"아마도. 틀린 숫자를 찾는 게 열쇠일 거야."

아레이가 Q에게 끄덕여 보이고는 말을 이었다.

"근데 여긴 숫자가 없어. 당연히 집 호수가 실마리일 줄 알았더니 3층 문에는 아무 숫자가 없잖아. 1층과 2층 문에는 숫자가 있었는데……"

Q가 히죽 웃었다.

"문에는 없지. 하지만 봐, 저기 숫자가 있어."

아레이는 Q가 가리키는 곳을 보고 헉 숨을 삼켰다. 각 집의 현관문 옆에 조그마한 가스계량기가 달려 있었다.

곧이어 하루코가 벽에서 떼어 낸 계단을 그림자들 한가운데로 내동댕이쳤다. 소리가 쿵 하고 울렸다. 모여 있던 그림자 괴물들이 까만 안개가 되어 흩어졌다.

"20, 8, 26, 28……"

Q가 계량기 숫자를 소리 내어 읽기 시작했다.

아레이도 바깥 복도를 끝까지 달려가 나머지 계량기 숫자를 읽었다.

"50, 82, 126……"

두 사람은 얼굴을 마주 보았다.

"엥, 뭐지?"

Q도 이 일곱 숫자의 연관성을 모르는 모양이다.

아레이는 아등바등 머릿속에 저장된 데이터를 뒤졌다.

"20은 마야력의 한 달 일수야. 인체를 이루는 아미노산 종류도 스무 가지. 칼슘의 원자 번호도 20."

Q가 잇는다.

"정이십면체 면의 개수. 정십이면체 꼭짓점의 개수. 첫 번째부터 네 번째까지 삼각수의 합."

별안간 하루코가 비명을 질렀다.

"꺄아! 꺄아아!"

놀란 아레이와 Q가 복도 난간을 넘어 보자 아래에서 이상한 광경이 펼쳐지고 있었다. 까만 안개가 되어 흩어진 그림자들이 큼지막한 덩어리를 이루었다. 하나로 뭉친 그림자는 무언가 거대한 모습을 만들려는 듯했다.

"엄마아! 헐크으! 살려 줘!"

피코가 울음을 터트렸다.

아레이는 마음에서 공포를 몰아내고 일곱 숫자에 의식을 집중했다.

"8은 불교 팔정도의 팔. 도교 팔선의 팔. 그리고 산소의 원자 번호야."

Q도 8에 대해 이야기했다.

"2의 세제곱수. 정육면체 꼭짓점의 수. 아르키메데스의 평면 채우기 방법 수……"

빈틈 속 빈틈은 이 중 뭐지?!

아레이는 계속해서 필사적으로 답을 찾았다.

"26은 라틴어와 영어의 알파벳 개수. 철의 원자 번호."

Q가 이었다.

"제곱수와 세제곱수에 끼인 유일한 수."

"50. 사하스라라 각 층의 꽃잎 수. 주석의 원자 번호……"

무언가가 서서히 아레이의 머릿속에서 빛을 발하기 시작했다. 조금만 더 하면 정답에 이를 수 있을 듯했다.

"아레이! 큐샤! 서둘러!"

히카루가 혼신의 힘을 다해 외쳤다. 그러나 아레이에게 그 목소리는 어느 문 너머에서 들려오는 듯이 아득했다. Q가 50에 관해 무어라 떠드는 것도 이제는 귀에 들어오지 않았다.

20은 칼슘의 양자수. 즉 원자 번호다. 8은 산소. 26은 철. 28은 니켈. 50은 주석. 82는 납. 126은……. 양자수 126인 원소는 발견되지 않았다. 만약 발견된다면 상당히 안정된 성질을 가지고 있을 것으로 예측된다.

"이게 열쇠인가?"

아레이는 조그맣게 중얼거렸다.

"뭔지 알겠어……. 마법수야! 원자 번호 26인 철 외에는 모두 마법수를 지닌 원소야."

양성자나 중성자 수가 20, 8, 28, 50, 82, 126 그리고 2인 경우, 이 일곱 수를 마법수라고 한다. 다른 원자핵보다 안정된 상태로 만들어 주는 숫자다.

26은 마법수가 아니다. 이를 대신할 올바른 마법수는 2. 헬륨의 양자수다.

"아레이, 답은? 빈틈은 어디야?"

히카루가 팔을 흔들었다. 아레이는 퍼뜩 정신을 차렸다.

"26……. 26이 틀렸어. 올바른 답은 2야."

"이 문이야!"

Q가 계량기의 숫자를 확인하고 계단에서 세 번째 문 앞에 섰다. 현실의 계량기와는 달리 옆에 다이얼이 있기에 Q는 다이얼을 돌려 숫자를 2로 맞췄다.

"다들 이리 와! 연다!"

Q의 호령에 히카루와 하루코, 피코가 허겁지겁 뛰어왔다. 아레이도 아이들을 따라 달려왔다.

"얘애애드으을아아아……"

검은 그림자들이 뭉쳐 만든 거대한 몸이 땅에서 일어서고 있었다. 한 덩어리로 뭉친 그림자는 아직 형체를 온전히 갖추지 못하고 일렁일렁 꿈실거렸다.

부글부글 비대한 몸통 위로 목 몇 개가 쑥 나오고 그 위에 머리가 얹어져 있었다. 외눈박이다. 머리에 하나씩 달고 있는 것만으로는 모자랐는지, 불어난 몸통 여기저기에 점점이 박힌 수많은 눈알이 사방에서 아이들을 빤히 바라보고 있었다.

까만 괴물의 머리 꼭대기는 아이들이 있는 3층 복도보다 더 높았다.

멀거니 괴물을 바라보는 아레이 뒤에서 짤깍하고 경쾌한 소리가 났다.

"열렸어!"

Q가 목청껏 외쳤다.

거대한 그림자 괴물 몸통에서 가느다란 팔이 여러 개 뻗어

오는 게 보였다.

"간다! 하나, 둘!"

누군가의 손이 아레이의 팔을 확 잡아당겼다. 부쩍부쩍 다가오는 까만 괴물의 팔을 쳐다보며 아레이는 세 번째 문 안으로 끌려 들어갔다.

쾅! Q가 쳐부술 기세로 문을 닫았다.

흐물흐물 주변 공기가 일그러지는 느낌이 들었다.

아레이는 퍼뜩 꿈에서 깨어난 듯이 주위를 둘러보았다. Q와 히카루, 하루코와 피코가 창백한 얼굴로 주변을 두리번두리번 살피고 있다.

아담한 부엌 안쪽에 네모난 방이 딸린 집의 좁은 현관에 아이들은 복작복작 서 있었다. 새로 지은 건물의 썰렁한 공기가 텅 빈 집을 채웠다. 그 공기 속에서 채 마르지 않은 콘크리트 냄새를 맡아 확인한 뒤 아레이는 숨을 토했다.

"후유, 돌아왔어."

팀

"으아! 돌아왔어?! 정말 돌아온 거야?"

Q가 아직 믿지 못하겠다는 듯 아레이에게 물었다.

"어, 소리도 들리고…… 후각도 돌아왔네."

아레이가 끄덕였다.

유리 창문이 바람에 덜컹덜컹 흔들렸다. 그 너머로 마을 풍경이 펼쳐져 있다. 주위를 뒤덮었던 하얀 안개 대신 우중충한 잿빛 하늘이 보였다.

바르르 떨리는 손으로 Q가 현관문 손잡이를 돌렸다. 먼저 문틈으로 그림자 괴물들이 없는지 살핀 뒤에야 비로소 문을 열어젖히고 심호흡을 했다.

"휴, 다행이다! 해냈어! 탈출 성공!"

아이들은 서로 몸이 붙지 않도록 조심하면서 한 명씩 복도로 나왔다. 마지막으로 Q가 현관을 빠져나와 문을 닫았다.

까만 괴물은 이제 없다. 복도의 난간 너머로 아래를 내려다보니 3층이 아니라 2층이었다. 하루코가 그림자들 한가운데 내던진 철계단도 제자리로 돌아와 있다.

Q가 방금 막 닫은 세 번째 집 현관문에서 작은 전자음과 함께 자동 잠금장치가 돌아가는 소리가 들렸다.

"빈집이었나?"

"아마도. 아직 입주가 안 끝났나 봐."

히카루가 닫힌 문을 바라보면서 Q에게 말했다.

"힝, 배고파!"

피코가 울상을 지었다.

아, 이 꼬맹이 급식도 안 먹고 사라졌었지.

그제야 아레이는 피코를 찬찬히 살폈다. 비에 푹 젖은 얇은 학교 실내화에, 옷은 흙투성이인 모습이 적잖이 가엾은 몰골이었다. 아레이와 다른 아이들도 교복을 다 버린 건 마찬가지였지만…….

"얘를 어떡하지?"

Q가 피코를 내려다보며 말했다.

"경찰서에 맡길까?"

어째 분실물 같네.

아레이는 속생각을 꺼내지 않고 잠자코 있었다.

"피코, 집이 어디야?"

히카루가 몸을 살짝 굽혀 피코에게 물었다.

피코는 약간 자신 없는 표정으로 히카루를 올려다보며 조그마한 목소리로 대답했다.

"금빛마을 2동."

"그렇다면 학교 남쪽이네."

끼어든 Q를 향해 아레이가 육상부 달리기 코스를 떠올리며 끄덕였다.

"정문에서 7분 정도 언덕을 걸어 내려가다 보면 나오는 버스 정류장 근처야. 호수 옆쪽."

집에서 가까운 곳이었기에 피코가 천신의 메시지를 따라 혼자서 호수까지 갈 수 있었을 거라고 아레이는 생각했다.

"집 가는 길 알아?"

재차 묻는 히카루에게 피코는 두리번두리번 주위를 둘러보더니 어쩐지 심통이 난 얼굴로 "몰라." 하며 입을 삐죽거렸다.

자신이 길을 모른다는 사실에 뿔난 건지, 히카루가 집 가는 길도 모른다고 인정하게 만들어서 못마땅한 건지 알 수 없었다.

"학교까지 데려다주는 게 낫겠지? 선생님들도 피코를 찾으면 학교로 연락해 달라고 했고, 학교에서 집 가는 길은 얘도 알 테니까."

"학교에서 집 가는 길은 알아!"

피코가 히카루에게 뽐내듯이 말했다.

"좋아! 어차피 우리 집 가는 길도 그쪽이야."

Q가 답하는데 히카루가 "아!" 하고 목소리를 올렸다.

"맞다, 가방 가지러 가야 하는데……. 호수 산책로에 두고 왔잖아."

"나눠서 움직이자."

"그럼, 가위바위보!"

아레이의 말에 Q가 편 짜기를 제안하자 난데없이 하루코가 외쳤다.

"싫어요! 전 히카루 선배랑 갈래요."

그러자 피코가 갑자기 흥분하여 폴짝폴짝 뛰었다.

"난 헐크랑 같은 팀! 헐크랑 갈래!"

하루코가 웃음을 거두고 피코를 험악한 눈초리로 흘겼다.

"얘 쥐어박아도 돼요?"

"안 돼!!!"

아레이와 Q, 히카루가 동시에 입을 모아 말했다. 하루코에게 맞았다가는 가루가 될지 모르니까.

아레이는 이야기를 매듭지으려 입을 열었다.

"그럼 히카루와 하루코가 피코를 데리고 학교로 가. 우린 호수에서 가방을 가지고 올게."

"제 가방은 어디서 받으면 될까요?"

하루코가 물었다.

"피코를 선생님한테 데려다주고 학교 정문에서 기다려. 가방 챙겨서 곧장 거기로 갈 테니까."

아레이가 말을 마쳤을 때, 아이들의 주머니에서 차례차례 핸드폰 진동음이 낮게 울렸다.

"아, 누나다!" 하며 Q가 핸드폰을 귀에 가져다 댔다. "헉, 엄마다." 하고 하루코도 전화를 받았다. 히카루만 전화를 받지 않고 끊어 버리는 걸 아레이는 별 뜻 없이 보고 있었다.

히카루의 시선이 아레이와 부딪쳤다.

"별일 아닌 것 같아서."

히카루가 변명하듯 입을 열었다.

"어디 갔냐는 둥…… 귀만 아프니까."

안 물어봤는데……. 굳이 대답 안 해도 돼.

아레이는 속으로 생각했으나 입 밖으로 말을 꺼내지는 못했다. 어색하게 시선을 피할 뿐이었다.

"어, 누나. 아, 그래? 학교에서 문자 왔었구나. 맞아, 맞아. 일찍 끝났는데, 뒤에 일이 좀 생겼거든. 이따 천천히 알려 줄게. 오늘 과 모임이라고? 알겠어. 어제 먹다 남은 스튜 데우면 되지? 응? 괜찮아, 괜찮아……. 이제 탈출했으니까. 비 맞아서 교복 다 버렸어. 알았어. 그럼 세탁기 옆에 둘게."

Q의 대화를 들으면서 아레이는 생각했다.

엊저녁에도 스튜 먹어 놓고 급식에 스튜 나왔다고 좋아한 거야? 근데 오늘 저녁도 스튜인가…….

"엄마? 응, 맞아요. 죄송해요. 비가 하도 많이 와서 잠깐 피하느라……. 지금 코코 슈퍼 근처. 히카루 선배랑 같이 있어요. 네에, 금방 가요. 아, 근데 깜박하고 두고 온 물건이 있어서 그것만 챙겨서 갈게요. 음악부 악보 때문에. 근데 엄마, 오늘 저녁 뭐예요? 오, 햄버그스테이크! 최고! 끊어요!"

전화를 끊자 하루코는 "쳇." 하고 혀를 차며 조그맣게 중얼거렸다.

"아아, 잔소리……."

아레이 마음속에 언젠가 Q가 했던 말이 떠올랐다.

'여자란 정말 알 수가 없다니까.'

아레이 엄마는 연락이 없었다. 학교에서 똑같이 조기 하교 문자를 보냈을 테지만 아마 못 봤을 거다. 아키나가 평소보다 일찍 집에 와 있는데도 연락이 없다는 건, 이 고약한 날씨에 엄마는 외출했다는 뜻이다. 친구와의 점심 식사든 아니면 쇼핑이든. 자신만의 시간을 즐길 때는 핸드폰 전원을 꺼 두는 게 엄마의 규칙이었다.

복도가 시끄러웠는지 2층 맨 구석 현관문이 열리며 대학생 정도로 보이는 남자가 고개를 내밀고 수상쩍다는 듯 이쪽을 보왔다.

"죄송합니다. 비 좀 피했어요!"

하루코가 싹싹하게 웃으며 꾸벅 머리를 숙였다. 아이들은 서둘러 도망치듯 계단을 내려왔다.

"피코, 한 가지 아주 중요한 규칙이 있어. 오이시와 오카쿠라, 나랑 Q와도 손잡으면 안 돼. 만져도 안 되고. 우리가 서로 닿으면 또 거기로 빨려 들어가거든."

아레이는 피코에게 그림자계에 대해 설명해야겠다는 생각에 걸으면서 입을 열었다.

"오이시랑 오카쿠라랑 Q가 누군데?"

"오이시는 하루코."

아레이는 시선 끝으로 힐끗 하루코를 보면서 조심스레 속삭였다.

"그러니까 헐크."

이 소리를 잘도 들었는지 하루코의 눈에 분노의 불꽃이 이글댔다. 아레이는 애써 무시하고 계속했다.

"이 누나는 오카쿠라 히카루. 이 키 큰 형이 Q, 큐샤 오사무. 난 다시로 아레이."

"몰라."

피코는 이름 외우기를 깔끔히 포기했다.

"그러니까……"

아레이는 울컥하면서 어떻게 더 쉽게 설명해야 하나 궁리했다. 그러자 옆에서 Q가 끼어들었다.

"잘 들어, 피코. 우리 다섯 명은 한 팀이야. 팀 깃든이라 불리고 있지."

아레이는 무슨 뜬금없는 소리인가 싶었지만 피코는 확실히 흥미가 돋았나 보다. 살짝 입을 벌리고 "그래서?"라고 하며 Q를 올려다봤다.

Q가 이어 갔다.

"너도 팀의 일원이니까 동료의 얼굴이랑 이름 정도는 외워 둬. 알았지? 얘가 아레이. 나는 Q. 쟤는 히카루고 여긴 헐크!"

하루코가 무슨 말을 하려는 듯했으나 틈을 주지 않고 Q가 말했다.

"자, 말해 봐. 우리 이름을 말할 수 있겠어?"

피코는 네 사람의 얼굴을 순서대로 둘러보고는 더듬더듬 외운 순으로 불렀다.

"헐크, Q, 히카루…… 그리고 아레?"

"아레가 아니라. 아레이야."

Q는 틀린 곳을 짚어 주고 다음 설명을 했다.

"우리 팀 깃든이는 황천귀라는 적을 해치우기 위해 모였어. 동료가 둘 정도 더 있는데 하나는 요상한 고양이고 또 하나는 누군지 모르니까 지금은 신경 쓰지 마."

"황천귀가 그 까만 괴물이야?"

"까만 괴물을 조종하는 게 황천귀야. 보스가 따로 있는 거지. 하지만 걱정 마. 우리 팀도 천신이라는 보스가 있으니까."

"굉장해!"

피코가 감탄했다.

"우리 쪽 보스는 틈만 나면 우리를 적들이 우글거리는 세계로 보내. 적을 해치우기 위해서. 언제 또 그 이상한 세계에 보내질지 몰라."

"그건 싫어."

질색하는 피코에게 Q가 구슬리듯 말했다.

"그렇지? 그러니까 동료한테 절대 붙지 마. 그럼 그 세계에 안 가도 돼."

"그게 다야?"

맥 빠졌다는 듯이 되묻는 피코에게 Q는 엄숙하게 고개를 끄덕였다.

"이거 엄청 어려운 임무야! 학교에서 보거나 길 가다가 만나도 무심코 손을 잡거나 어깨를 두드려선 안 된다고. 실수로 부딪쳐도 안 돼. 손가락 하나, 발가락 하나 까딱 잘못하면 아웃! 너 할 수 있겠어? 동료랑 절대 달라붙지 않을 자신 있어?"

피코가 우뚝 멈춰서 아이들에게서 멀어졌다. 그리고 득의양양하게 Q를 보며 큰 소리로 외쳤다.

"할 수 있어!"

"좋아!"

마치 피코의 스승이라도 되는 양 Q는 흐뭇하게 고개를 끄덕이며 돌아보았다.

"그 자세야, 피코. 절대 잊지 마. 우리는 동료야. 하지만 동료한테는 절대, 절대 붙지 않을 것! 알아들었지?"

"네!"

피코가 씩씩하게 손을 올리며 대꾸했다.

제법인데 Q…….

아레이는 Q의 숨겨진 재능에 눈을 휘둥그레 떴다.

"얘들아!"

길 건너에서 아이들을 부르는 목소리가 들렸다.

깜짝 놀라 고개를 들자 자전거에 올라탄 이나미 선생님의 모습이 보였다.

"아, 악당이다……."

2미터 뒤에서 피코의 겁에 질린 목소리가 들렸다.

"진짜 선생님 맞아?"

"돌멩이라도 던져 볼까?"

하루코가 의심하고 Q도 멈칫거렸다.

"얘들아!"

이나미 선생님은 아이들이 자신을 못 본 줄 알았는지 있는 힘껏 오른팔을 휘두르며 한층 목소리를 높였다.

"진짜겠지. 여긴 그림자계가 아니니까……."

이렇게 말하긴 했지만 아레이도 차마 손을 마주 흔들지 못하고 있었다.

이나미 선생님이 안장에서 내려 자전거를 끌며 횡단보도를 건너왔다.

"너희들! 여기서 뭐 하니!"

가까워지자 이나미 선생님의 관자놀이 주변이 꿈틀꿈틀 움직이는 게 보였다.

다행히 진짜다…….

아레이는 확신했다.

선생님은 "옆길로 새지 말고 집으로 가랬더니……." 하고 말하려다 그제야 피코가 함께 있다는 걸 알아차렸다.

"얘는……?"

흙으로 더러워진 셔츠의 가슴께에서 'POL' 로고를 발견한 선생님의 눈이 번쩍 뜨였다. 그 눈으로 아이들을 둘러보며 이나미 선생님은 마음을 가라앉히려는 듯이 연거푸 세 번 심호흡했다.

"1학년 피코 아니냐?"

"맞아요."

가장 먼저 하루코가 끄덕이며 빙그레 웃어 보였다.

"지금 학교로 데려다주려던 참이었어요. 잘됐다! 마침 선생님이랑 만나서!"

이나미 선생님이 눈을 끔뻑거렸다.

"대체 어디 있었니? 왜 너희랑 같이 있는 거야?"

히카루가 조금 앞으로 나가 선생님에게 말했다.

"길을 잃었는지 호수 산책로에 있더라고요. 비가 좀 그치기를 기다리다가 지금 학교로 데려가던 중이었어요."

"너희는 왜 하굣길에 호수에 간 거냐?"라든가 "찾자마자 왜 먼저 학교로 연락하지 않았어."라든가 아레이라면 캐묻고 싶은 게 산더미 같을 텐데 이나미 선생님은 그저 아이들 뒤에 선 피코를 처치 곤란인 분실물이라도 주운 양 당혹스러운 표정으로 보고 있었다.

그때 경찰차 한 대가 나타났다. 사이렌은 울리지 않았지만 척 보기에도 피코를 찾으러 마을 곳곳을 순찰하는 듯했다.

"이봐요!"

별안간 이나미 선생님이 그 경찰차를 향해 대차게 손을 흔들었다.

"여기요, 여기! 찾았습니다!"

아이들이 선 인도 옆에 경찰차가 멈추어 섰다. 조수석에서 내린 경찰에게 이나미 선생님은 아까 히카루가 말한 내용을 헐레벌떡 되풀이했다.

쩔쩔매는 이나미 선생님과 반대로 경찰은 침착했다. 싱긋이 웃으며 아이들을 둘러보고는 "큰 역할 했네." 하며 칭찬한 뒤 피코 곁으로 다가가 다치거나 아픈 데는 없는지 살폈다. 그사이 운전석에서 피코를 무사히 찾았다고 어딘가로 보고하는 소리가 들렸다.

"그럼…… 저희는 그만 가 봐도 될까요?"

아레이는 피코를 안아 들고 차에 타려는 경찰에게 물었다.

이나미 선생님이 무슨 말을 하려 했으나 덩치 좋고 인자해 보이는 경찰은 시원스레 고개를 끄덕였다.

"그러렴. 너희도 옷이 다 젖었구나. 감기 걸리기 전에 돌아가렴. 나중에 궁금한 게 생기면 선생님께 여쭤봐서 연락하마. 수고했다. 조심히 가거라."

경찰 품속에서 피코가 말없이 잘 가라고 손을 흔들었다.

경찰차는 떠나갔다. 이나미 선생님이 자전거 페달을 밟으며 그 뒤를 따랐다.

"가방 챙기러 가자!"

멀어져 가는 경찰차와 자전거를 배웅하며 Q가 말했다.

네 사람은 호수를 향해 걸음을 옮겼다. 피코를 찾아 돌려보내고 나니 몸이 천근만근이었다. 하루 종일 수영하고 나왔을 때처럼 노곤함이 몸을 감쌌다.

호수 산책로로 가는 계단을 무거운 다리를 이끌고 올랐다. 가방은 아까 내던진 자리에 고스란히 나뒹굴고 있었다. 비에 함빡 젖고 흙도 왕창 뒤집어써 엉망이라는 점만 달랐다.

"으아……. 내 가방이 제일 심해! 쫄딱 젖었네."

하루코가 울상을 지으며 물이 뚝뚝 떨어지는 책가방을 주워 들었다. 하루코의 가방은 벤치가 아니라 땅바닥에 내팽개쳐진 바람에 상태가 더 심했다.

아레이, Q, 히카루도 참담한 몰골의 가방을 집어 들고 한숨을 지었다. 분명 안에 든 교과서와 공책도 다 젖었을 것이다.

교복도 가방도 내일까지 다 마르려나?

아레이는 비 갠 하늘을 원망스레 올려다보았다.

습한 바람이 아직 덜 마른 교복을 매만지며 스쳐 갔다. 호수로 이어지는 경사면의 풀숲이 사락사락 흔들렸다.

아레이는 퍼뜩 청동 거울을 떠올렸다. 어깨에 멘 가방에서 청동 거울을 살며시 꺼낸 후, 빈 가방을 하루코에게 건넸다.

"하루코, 이거. 잘 썼어."

손안의 청동 거울을 보니 표면에 붙은 흙이 아직 촉촉했다. 아까 아레이가 떨어낸 흙 사이로 희미한 청동 빛깔이 얼굴을 내밀었다.

"피코가 이 거울을 가지러 호수에 간 거라고 했지?"

갑자기 울리는 히카루의 목소리에 아레이는 흠칫 거울에서 눈을 들었다. 약간 떨어진 곳에서 히카루가 청동 거울을 쳐다보고 있었다.

"아까…… 이 호숫가에 천둥이 쳤을 때 천신의 멜로디가 멎었어."

"어?"

아레이와 Q, 하루코가 히카루를 향해 고개를 돌렸다.

"계속 독촉받는 것 같다고 했잖아. 어제저녁부터 내내 멜로디가 멎질 않았다고. 그런데 아까 번개가 곧장 이 거울에 내리꽂힌 순간, 멜로디가 뚝 끊겼어."

아레이는 청동 거울을 바라보며 눈을 치떴다.

Q와 아레이는 호수 속에서 피코를 끌어당기느라 정신이 없어 그때 청동 거울에 번개가 떨어진 줄 몰랐다.

히카루가 차분한 목소리로 말했다.

"나도 불려 왔나 봐, 이 거울한테……. 피코가 미래를 보고 거울을 가지러 가라는 메시지를 받았듯이 사실은 나도 그랬는지도. 끊임없이 흐르던 멜로디는 어서 거울을 구해 오라는 천신의 메시지였는지도 몰라."

예고……. 역시 어젯밤의 천둥 번개는 예고였나?

아레이가 생각에 잠겨 있는데, Q가 꿀꺽 숨을 삼키며 입을 열었다.

"대체 뭘까? 이 거울……."

모두의 시선이 청동 거울로 쏠렸다.

"하늘에서 내려온 신일지도 몰라……"

아레이 입에서 새어 나온 말에 모두 "뭐?" 하며 눈을 동그랗게 떴다.

구름이 걷히고 한 가닥 햇살이 던져지듯 호수 가운데로 내리비쳤다.

청동 거울

아레이는 마르기 시작한 흙을 손가락으로 떨어내고 그 밑으로 드러난 거울을 유심히 관찰했다.

오래된 거울 같은데 생각보다 흠은 없었다. 녹슬어 있을 줄 알았던 거울은 앞뒤가 반들반들했고, 이지러지거나 갈라지지도 않았다. 앞면은 반지르르 매끈했고 뒷면에는 자잘한 무늬가 새겨져 있었는데, 들러붙은 흙 때문에 어떤 무늬인지는 잘 보이지 않았다.

"이 거울이 하늘에서 내려온 신이라니, 무슨 뜻이야?"

히카루가 물었다.

"이상하지 않아?"

"뭐가 이상한데?"

아레이에게 Q가 되물었다.

"그림자계로 가기 전에 이 거울이 호숫가에 위태위태하게 걸쳐 있는 걸 봤어."

아레이가 호수 울타리로 다가가 부러진 나무 아래쪽을 가리켰다.

"봐, 저기⋯⋯. 나무 그루터기가 푹 파이면서 흙이 호수로 떠내려간 자국이 남아 있지? 저 끝에 거울이 호수로 빠질락 말락 하게 풀숲에 걸려 있었다고. 피코도 그걸 보고 거울을 주우러 내려간 거야."

"근데?"

Q가 고개를 갸웃거렸다.

"그다음 곧바로 천둥이 치고 우리는 그림자계로 빨려 들어갔잖아? 그런데 그림자계의 호숫가에도 이 거울이 똑같이 떨어져 있었어. 그리고 피코가 거울을 주웠지."

"그게 뭐?"

역시 모르겠다는 듯이 Q가 또 물었다.

"양쪽 세계에 거울이 있었다는 말이야."

아레이는 답답한 마음을 누르고 좀 더 풀어 설명했다.

"우리가 벤치 위에 던진 가방은 그림자계에 없었잖아? 하루코가 저번에 그림자계에서 떨어뜨린 가방도 현실 세계로 돌아왔을 때 없었어. 우리가 몸에 지닌 물건만 우리와 함께 두 세계 사이를 오갈 수 있는데, 이 거울은 피코가 줍지도 않았는데 저절로 그림자계로 들어왔어. 아니, 어쩌면 동시에 두 세계에 있었는지도 모르지."

"동시에…… 두 세계에 있었다고?"

히카루가 아레이의 말뜻을 음미하듯이 되풀이했다.

아레이는 다시 이야기를 이어 갔다.

"피코는 미래를 봤어. 아마 호수 언저리에서 청동 거울로 번개가 떨어지는 모습을 봤겠지. 그걸 그림으로 그렸고. 하지만 피코가 본 게 더 있었는지 몰라. '도망가자. 가지러 올 거야.'라고 했잖아. 그림자 괴물의 손에 거울이 들어가기 전에 피코는 거울을 주우려고 했어. 천신의 메시지를 감지해서 그렇게 한 거 아닐까?"

"내가 천신의 멜로디를 들은 것처럼 말이지? 난 그 멜로디가 무얼 전하려는 건지 몰랐지만, 피코는 자기가 본 장면으로 천신의 메시지를 이해했다는 거네?"

히카루가 말했다.

"아마도."

아레이는 끄덕이며 모두에게 물었다.

"하지만 만약 그렇다면 왜 천신은 피코에게 이 거울을 주우라고 했을까?"

"거울이 호수에 빠질까 봐 그런 걸까요?"

하루코의 말에 아레이는 어깨를 으쓱했다.

"글쎄……. 그냥 두었어도 거울은 그 풀숲에 걸려 있지 않았을까. 더군다나 피코는 거울이 호수로 빠질까 봐 주우러 간 게 아니라 그림자 괴물이 가지러 올 테니까 먼저 주웠다고 그랬어."

"아……!" 하고 Q가 목청을 높였다. 드디어 Q도 깨달았나 보다. 아레이가 하려는 말을.

"그렇구나! 그 그림자 괴물들은 그림자계 안에 있고 이쪽 세계로는 못 나오지? 그런데도 천신은 빼앗기기 전에 그 거울을 챙기라고 피코를 재촉했어. 덩달아 히카루한테도 멜로디를 보냈고. 그만큼 긴박했다는 건가……. 그렇다는 건……?"

끊긴 Q의 말을 아레이가 이었다.

"이 거울은 두 세계에 존재했고, 천신은 그림자계의 황천귀가 거울을 손에 넣기 전에 우리가 먼저 챙기기를 바랐던 거야."

Q가 아레이 손안에 있는 거울에 시선을 고정한 채 질문을 뱉었다.

"그럼 지금은? 네가 들고 있는 거울이 지금도 그림자계 안에 있는 거야?"

아레이도 거울을 쳐다보며 생각에 잠겼다.

"아니……. 아마 그건 아닐걸. 천신이 이 거울을 위해 여기저기 메시지를 보냈다는 건, 우리가 먼저 거울을 챙기면 황천귀의 손에는 들어가지 않는다는 뜻일 거야. 그렇지 않고선 그렇게나 재촉했을 이유가 없으니까. 지금은 일단 그림자계에 이 거울이 없다고 봐도 되겠지."

히카루가 주뼛주뼛 물었다.

"그 거울이 대체 뭐길래? 천신도 황천귀도 어째서 이런 걸 원하는 거지?"

"어떤 신은 거울을 자기 자신이라고 생각한대. 그래서 종종 거울이 있는 신당도 있잖아. 거울은 신의 분신 같은 거지."

아레이의 설명에 하루코가 눈을 동그랗게 뜨고 거울을 보면서 입을 떼었다.

"그럼 이 거울…… 신으로 변신하나요?"

"내 말은 그게 아니라……"

아레이는 또 산으로 갈 듯한 기운을 감지하고 하루코의 폭주를 빠르게 잘랐다.

"예로부터 거울은 여러 종교 의례에서 중요한 물건이었어. 신 자체 혹은 태양의 분신으로서 또 하나의 태양이라고 여겨져 왔지. 한 달 반 전에 카오스 고양이가 '신이 내려오느니라.'라고 했어. 어젯밤에 천둥 번개가 크게 쳤고 히카루에게 천신의 멜로디가 전해졌지. 피코는 거울을 주우러 가는 장면을 봤고. 여러 예고 뒤에 오늘, 호숫가에 번개가 쳐 거울이 생겨났어. 그러니까 이 거울은 곧 천신이 우리에게 보낸 신의 분신이 아니겠냐는 거야."

아레이는 거기까지 말한 뒤 주위를 둘러보았다. 이야기를 조금도 따라잡지 못한 Q와 히카루, 하루코의 질린 듯한 시선을 알아차린 것이다.

"무슨 말인지 모르겠어."

히카루가 말했다. 이어서 다그치듯 아레이에게 물었다.

"그래서 결국 이 거울의 용도는? 어떤 힘이 있는 거야?"

아레이는 고개를 가로저으며 대답했다.

"모르지, 나도. 하지만 특별한 물건인 건 분명해."

"그럼 이 거울, 다시로가 갖고 있어."

히카루가 툭 말했다.

"어? 내가?"

아레이는 흠칫 놀라 히카루를 봤다.

"다시로는 아레이? 맞지?"

콩알만큼 발전한 Q가 신나서 말했다.

"너라면 뭔가 더 알아낼 수도 있잖아? 앞으로 그 거울을 어떻게 하면 좋을지 같은……."

"뭐, 상관없지만……."

아레이는 가만히 생각했다. 엄마나 아빠가 청소를 하러 들어오거나 아키나가 이유도 없이 아레이 방을 휘젓고 다닐 때 눈에 띄지 않게 숨겨 둘 데가 있을까?

"그림자 괴물들이 거울을 가지러 여기까지 오지는 않겠죠?"

하루코가 께름칙한 소리를 했다.

"그럴 일은 없다니까."

Q가 태평하게 대답했다. 아레이 생각도 마찬가지였다. 그림자 괴물들은 황천 고치로 햇빛을 차단한 그림자계에서만 활동할 수 있을 테니까. 아직은……

이번에 황천귀가 또 진화했다는 걸 떠올리고 아레이는 우울해졌다. 괴물들은 이나미 선생님, 급기야는 하루코로 변신하기까지 했다. 다음에는 더 교묘히 변신할지도 모른다. 아니, 그것도 모자라 하루코 말처럼 어느 날 갑자기 현실 세계에 나타나면 어떡해야 할까? 오싹했다.

"이제 집에 가자."

Q의 말에 아레이는 흙 범벅인 거울을 살살 책가방에 집어넣었다.

축축한 짐을 챙겨 들고 다 같이 계단을 내려가는데, 앞서가는 Q가 또 입을 열었다.

"나도 누나한테 거울에 관해 한번 물어볼게. 아마 누나는 알걸? 민속학이나 고고학에 빠삭하거든."

"뭐? 네 누나한테 거울 얘기를 하게?"

히카루가 놀랐는지 Q에게 물었다.

"응. 깃든이들이 모두 미래통합학교에 모였을 거라고 알려 준 사람, 우리 누나거든. 그치, 아레이?"

"어."

아레이가 끄덕이자 히카루는 어안이 벙벙하여 재차 Q에게 물었다.

"깃든이나 그림자계 같은 것도 누나한테 다 말했다고?"

"응."

Q가 해맑게 끄덕거렸다.

"큐샤 선배네, 엄마가 안 계신댔죠? 그래서 누나랑 그렇게 돈독한 건가요?"

하루코가 아무렇지도 않게 툭 말을 꺼냈다.

아레이의 기억이 퍼뜩 깨어났다. 하루코는 Q와 같은 초등학교 출신이니 Q 엄마의 사고에 관해 알고 있을 거다. 보아하니 히카루도 Q의 집안 사정을 아는 모양이다. 하루코 말에 옆에서 히카루가 살짝 굳는 걸 아레이는 느꼈다.

"응응, 맞아."

어색한 공기 속에서 정작 Q는 담담하게 대답했다.

"엄마가 돌아가셨을 때 누나랑 약속했거든. 무슨 일이 있어도 남매끼리 비밀은 절대 만들지 말자고. 그래서 누나한테는 다 얘기해."

"와! 누나가 큐샤 선배 엄마나 다름없네요."

하루코가 거리낌 없이 되받자 Q는 "그렇다기보단……" 하고 말한 후 다음 말을 찾는 듯 잠시 입을 다물었다.

"누나는 어릴 때부터 쭉 내 든든한 지원군이었어. 엄마하고는 좀 달라. 난 엄마랑 친하지도 않았고……."

"네? 선배, 엄마랑 사이가 나빴나요?"

굳이 하지 않아도 될 질문을 거침없이 내뱉는 하루코에게 아레이는 화가 났다. 그러나 아레이가 무어라 말하기도 전에 Q가 바로 입을 떼었다.

"말하자면 그런가? 엄마는 숫자에만 빠져 사는 아들을 걱정했어. 아무래도 유치원생이 술래잡기나 모래 장난보다 피보나치수열이나 황금비에 환장하는 게 정상이 아니라고 생각했나 봐. 하지만 난 숫자가 훨씬 재밌었는걸. 그래서 엄마랑 난 늘 삐걱거렸어."

"네? 그게 걱정거리가 되나요?"

하루코가 입을 샐쭉거리며 종잡을 수 없는 말을 했다.

"수학광 아들이 무식하게 힘센 딸보다 낫잖아요."

뭔 소리래?

아레이는 하루코의 이야기 전개에 기가 찼다.

"전요, 유치원 때 옆집 남자애랑 싸우다가 그 애 팔을 부러트린 후로 지금까지 쭉 괴력을 숨기고 있다고요. 엄마는 그때 제 앞에서 대성통곡했죠. '애가 왜 이렇게 난폭하게 구니!' 그러면서……. 전 그저 아주 살짝 밀쳤을 뿐인데."

Q가 맞장구친다.

"뭐, 괴력보다 수학광이 낫긴 한 것 같지만……. 그때 엄마한텐 선택지가 없었으니까."

"해도 해도 너무해요!"

하루코가 다시 끓어올랐다.

"만약 이 힘을 천신이 준 거라면 왜 시키지도 않은 짓을 하냐는 거예요. 다른 거랑 바꾸고 싶어요. 히카루 선배의 음악 재능이든 아레이 선배의 기억력이든 큐샤 선배의 수학 능력이든 좋으니까……. 피코의 예지력도 괜찮고요. 암튼 제 역할이 괴력인 건 용서가 안 돼요! 안 그래요?"

누구에게 동의를 구하는 건지 모르게 하루코는 말을 끝맺었다. 끄덕이는 사람은 없었다.

잠자코 있던 히카루가 화제를 돌렸다.

"그나저나 피코, 혼 안 났으려나……."

"괜찮겠지."

Q가 또 속 편하게 말했다.

"1학년이잖아. 우리가 멋대로 학교를 나갔으면 이나미 선생님이 핏대를 세우고 화냈겠지만, 피코라면 선생님들도 안전하게 돌아와서 다행이라고만 할 거야."

그렇게 말한 뒤 Q는 뚫어져라 히카루를 바라보며 덧붙였다.

"근데 히카루 너, 피코한테는 후하네? 나나 아레이한테는 깐깐하게 굴면서. 피코가 행방불명됐을 땐 그림자계로 찾으러 가자고 하질 않나. 왜 사람 차별하냐?"

"헙! 히카루 선배, 자진해서 그림자계로 들어가려고 했어요? 말도 안 돼!"

Q에게서 팩 시선을 돌린 히카루가 중얼중얼 우물거리는 목소리로 말했다.

"뭐가……. 당연한 거 아냐? 피코는 아직 어리고…… 만약 그림자계에서 불쌍하게 혼자 길이라도 잃었다고 해 봐. 예전 학교에서 실수로 음악실에 갇힌 적이 있는데, 이대로 아무도 안 찾아 주면 어쩌지, 하고 엄청 마음 졸였었어……. 그래서 찾으러 가야겠다고 생각한 것뿐이야."

실수가…… 아니었잖아?

아레이 머릿속에 지난주 식탁에서 오갔던 엄마와 아키나의 대화가 되살아났다. 지난 학교에서 괴롭힘을 당했다던 히카루. 자신의 상처 딱지가 까진 것처럼 아레이의 마음이 아릿했다.

역시 듣는 게 아니었는데. 그런 이야기…….

"뭐어? 실수로 음악실에 갇혀?"

Q가 피식 웃으며 말했다.

"히카루 선배, 은근 덜렁이!"

하루코는 진실을 알고 있을 텐데, 오히려 감추듯 명랑하게 말했다. 히카루의 얼굴에 쓴웃음이 떠올랐다. 아레이는 히카루

눈을 똑바로 볼 자신이 없어 고개를 떨군 채 걸었다.

멀리서 학교 정문이 보이기 시작했다.

"잘 가."

히카루가 갑자기 인사한 탓에 아레이는 허둥지둥 바닥에서 눈길을 들었다.

"아, 맞다……. 오카쿠라네, 굿모닝빌 근처라고 했지."

"응, 난 저쪽."

히카루는 정문 앞 거리에서 은행나무가 줄지어 선 길을 가리켰다.

"선배, 저도 그쪽으로 갈래요."

하루코가 히카루를 따라나섰다. 두 사람은 정문 앞에서 오른쪽으로 걸음을 뗐다.

아레이와 Q가 반대편으로 걷기 시작했을 때, 뒤에서 아레이를 부르는 히카루 목소리가 들렸다.

"다시로."

아레이가 뒤돌아보자 히카루는 몇 미터쯤 떨어진 곳에 우뚝 서서 무뚝뚝하게 말했다.

"오카쿠라 말고 히카루라고 불러. 피코가 헷갈리잖아."

"어? 어……."

당황해 잠시 얼어 있던 아레이는 다시 걸음을 떼려는 히카루에게 어름어름 말을 던졌다.

"그럼 너도 아레이라고 불러. 피코랑 Q가 헷갈려 하니까."

"엉? 내가?"

Q가 멍하니 아레이를 봤다.

"나 이제 괜찮은데? 아레이가 다시로고 히카루가 오카쿠라지? 엇, 근데 헐크는 성이 뭐더라?"

"일단 헐크가 아니고요!"

하루코가 매섭게 쏘아붙였다.

히카루가 키득키득 웃었다. 비 갠 뒤의 바람이 거리로 불어가며 히카루의 머리카락을 헝클었다.

먹구름이 멀리 흘러간다. 신호등은 파란불로 바뀌었다.

패턴

엄마는 흙을 뒤집어쓴 아레이의 교복을 보자마자 인상을 썼지만 흙투성이 옷을 손빨래 모드로 세탁한 뒤 건조기로 말려 주었다.

다음 날 학교에 가니 히카루는 새것처럼 빳빳한 교복을 입고 있었다. 종 치기 직전에 교실로 뛰어 들어온 Q는 재킷을 못 빨았는지 와이셔츠에 카디건 차림이었다.

아레이는 청동 거울을 다시 가져왔다. 어젯밤, 식구들에게 들키지 않게 조용히 흙을 떨어내고 야무지게 포장한 건 좋았으나 완충재와 골판지 상자로 싼 청동 거울은 쓸데없이 눈에 띄어 방 안에 두기 위험할 것 같았다.

가뜩이나 무거운 가방은 청동 거울을 넣자 더욱 묵직해져 어깨를 파고들었다. 그래도 아레이는 엄마나 아키나에게 들킬 바에야 청동 거울을 짊어지고 다니기를 택했다.

사실 아레이는 이 청동 거울의 역할을 아직 밝혀내지 못했다. 나름대로 조사해 보았지만 중국에서 만들어져 5세기경에 일본으로 건너왔다고 전해지는 고대 거울과 닮았다는 점 빼고 별다른 발견은 없었다.

청동 거울의 지름은 17센티미터. 반짝반짝 윤이 나는 볼록 거울에, 뒷면 한가운데에는 동그란 꼭지가 튀어나와 있다. 중국에서는 여기에 끈을 꿰어 사용했다고 한다. 꼭지에 자잘한 무늬가 새겨져 있었다.

거울 테두리에는 작은 삼각형들이 연이은 무늬가 빙 둘러져 있다. 위나라 왕이 고대 일본의 여왕에게 선물했다고 전해 오는 거울, 삼각연신수경 테두리에도 이 삼각형 연속무늬가 새겨져 있다.

삼각연신수경은 수수께끼 같은 거울이다. 중국이 일본 여왕에게 보냈다고 하지만 중국에서는 이런 종류의 거울이 하나도 발견되지 않았기 때문이다. 정말 중국에서 만들어져 일본으로 전해진 걸까, 아니면 어디 다른 곳에서 만들어진 걸까? 만약 그렇다면 누가 어디서 무얼 위해 그 거울을 만들었을까……. 하나부터 열까지 베일에 싸여 있었다.

하지만 아레이 가방에 있는 거울은 삼각연신수경과 완전히 같진 않았다. 뒷면 무늬가 달랐다. 삼각연신수경에는 신과 용이 그려져 있는데, 이 거울에는 원이나 반원, 사각형을 조합한 기하학적인 무늬가 있었다.

녹도 흠집도 없다는 점 또한 희한했다. 흙 속에 묻혀 있던 게 아니라 정말로 하늘에서 뚝 떨어진 것 같다는 생각마저 들었다.

아무리 뚫어져라 쳐다보며 머리를 굴려 봐도 거울의 정체를 알 수 없을 듯해, 아레이는 반 포기 상태였다.

"얘들아, 엄청난 대발견이야!"

Q가 학교에 오자마자 흥분한 기색으로 외쳤다.

아레이와 히카루가 Q의 책상 주위로 모이려는데 교실 앞문으로 이나미 선생님이 들어왔다.

오늘따라 왜 이렇게 빨리 오신 거야. 항상 종 쳐야 들어오시더니.

하는 수 없이 Q의 대발견을 잠시 보류한 채 각자 자리로 돌아가 앉았다.

그날 아침 이나미 선생님은 기분이 좋았다. 아침 인사를 마치자마자 선생님은 교실 여기저기 뚝뚝 떨어져 앉은 아이들을 둘러보며 싱글벙글 입을 열었다.

"얘들아, 어제는 큰일 했다. 피코를 찾아 줘서 정말 고맙다고 피코네 부모님께서 전해 달라시더구나. 장하다, 장해!"

이나미 선생님이 칭찬하면 괜히 약이 오르는 건 왜일까?

"우연히 찾았을 뿐인데요……."

히카루가 부루퉁한 표정으로 조그맣게 말했다.

피코를 어디서 어떻게 찾았는지 더 꼬치꼬치 묻지 않을까 싶어 아레이는 긴장했지만 다행히 이나미 선생님은 피코네 부모님이 얼마나 기뻐했는지 누차 이야기할 뿐 어제 일은 들추려 들지 않았다.

수요일 1교시는 국어. 조회를 끝낸 이나미 선생님이 바로 수업을 시작한 바람에 아이들은 결국 쉬는 시간까지 Q의 이야기를 들을 수 없었다.

수업을 마친 이나미 선생님은 다음 시간까지 할 숙제를 칠판에 적고서 교실을 나갔다. 이때만을 목 빠지게 기다리던 아레이와 히카루는 일정한 간격을 두고 Q의 책상 옆으로 달려들었다. Q가 책상 위에 지도 한 장을 펼치던 참이었다.

"어? 이건 생활안전지도?"

"맞아, 맞아."

히카루에게 Q가 끄덕였다.

미래신도시의 산사태 취약 지역이나 하천 범람도, 대피소 등을 색깔별로 구분해 정리한 지도였다. 아레이네 주방 벽에도 한 장 붙어 있다. 그러나 자세히 보니 Q의 책상 위에 놓인 지도에는 직선이 한 줄 까맣게 그어져 있었다.

직선은 지도 정중앙에 자리한 미래통합학교를 가로질러 가장자리까지 뻗어 있다. 직선 위 세 지점에는 검은 매직으로 가위표가 그려져 있었다.

"이 검은 선이랑 가위표는 뭐야?"

히카루가 바로 알아채고 물었다.

아레이도 가위표를 눈으로 좇았다. 먼저 첫째 가위표는 미래통합학교 동쪽 본관 끝, 다음 가위표는 주차장 출입문 옆, 그리고 나머지 한 군데는…….

"아……. 이거 빈틈이 있던 장소지?"

아레이는 목소리를 올렸다.

"정답!"

Q가 눈을 반짝 뜨며 답했다.

아레이는 두근두근 요동치기 시작한 심장을 달래려 크게 한 번 심호흡하고 직선 위에 줄지은 가위표 세 개를 물끄러미 바라보았다.

Q가 입을 열었다.

"봐 봐! 그러니까 빈틈 세 곳은 모두 이 직선 위에 나타났어. 마구잡이가 아니라 패턴이 있잖아. 그림자계는 이 직선을 지나는 방향으로 넓어진 거야. 그리고 빈틈은 항상 그림자계의 경계에 나타났잖아? 결론적으로, 그림자계 변두리와 직선이

만나는 점이 빈틈이었단 말씀!"

Q의 말에 아레이의 머릿속에 선명하게 상이 그려졌다.

넓어지는 그림자계. 늘어나는 직선. 그 직선과 그림자계 경계의 접점. 그곳에 생기는 빈틈. 거듭되는 패턴.

멍하니 선 아레이를 보며 Q는 흡족하다는 듯이 입꼬리를 씩 올렸다.

"놀라긴 아직 일러."

"뭐?"

아레이는 Q의 얼굴을 맞바라보았다. Q는 더욱 신나 하며 질문을 던졌다.

"이 직선, 뭐라고 생각해?"

"어?"

아레이는 다시 한번 지도의 직선을 유심히 들여다보았다. 직선은 남북을 잇는 선에서도, 동서를 잇는 선에서도 빗나가 있었다. 남북의 선이 6시와 12시 방향을 잇고 동서의 선이 3시와 9시 방향을 잇는다고 하면, 이 직선은 2시와 8시 방향을 가로지른다. 동서를 잇는 선보다 30도 정도 기울어져 있었다.

약 30도?!

아레이는 헉하고 숨을 삼켰다.

"설마, 이거……"

"엥? 뭐야! 벌써 알았다고?"

이번에는 Q가 놀란 기색으로 물었다.

"뭐야? 뭘 알았는데?"

히카루가 답답한지 아레이와 Q의 얼굴을 번갈아 보았다.

아레이는 믿을 수 없다는 표정으로 지도에 그려진 직선을 바라보며 간신히 말을 쥐어짰다.

"이거…… 하지의 일출 지점과 동지의 일몰 지점을 이은 직선 아냐?"

"헉, 김샜다. 힌트도 없이 알아맞히기냐!"

Q는 흥이 깨졌는지 팩 고개를 떨궜다.

"아 정말!"

히카루가 불끈 짜증을 냈다.

"너희가 하는 말은 매번 알아먹질 못하겠다니까. 똑바로, 우리말로 설명해 줄래?"

아직도 얼떨떨해하는 아레이 옆에서 Q가 줄줄 말했다.

"봐, 춘분과 추분에는 해가 정동에서 떠서 정서로 지지? 그리고 춘분에서 여름으로 갈수록 일출과 일몰 위치가 점점 북쪽으로 기울어. 1년 중 낮이 제일 긴 하지에는 해가 가장 북쪽과 가까운 방향에서 뜨고 지는데, 하짓날 아침에 해가 뜨는 곳이 바로 정동에서 약 30도 북쪽으로 기울어진 방향이야. 여기까지 오케이?"

히카루는 도통 모르겠다는 표정으로 Q를 쩨려봤다.

Q는 꿋꿋하게 계속했다.

"하지가 지나면 일출과 일몰 방향은 또 점점 정동과 정서에 가까워지고, 추분에 다시 한번 정동과 정서가 된 뒤, 이번에는 겨울로 갈수록 남쪽으로 기우는 거야. 1년 중 낮이 가장 짧은 동지는 해가 남쪽과 가장 가까운 방향에서 뜨고 지는 날이 돼. 동지에 해가 지는 곳은 정서에서 약 30도 남쪽으로 기울어진 방향이야. 어때? 알겠지? 이제 하지에 해가 뜨는 곳과 동지에 해가 지는 곳을 직선으로 이으면! 자, 그게 여기 지도에 있는 직선이야."

Q는 뿌듯하게 설명을 마쳤으나 히카루 얼굴에는 짜증이 떠올랐다.

"그래서 뭐? 단순히 우연일지도 모르잖아? 뭔가 억지로 꿰맞춘 느낌인데."

"단순한 우연이 아니야. 거울이 나왔잖아."

Q가 히카루에게 받아쳤다.

"누나가 그랬는데, 거울 하면 태양, 태양 하면 하지와 동지가 중요하댔어……"

중간부터 설명이 꼬인 듯한 Q가 도움을 요청하며 아레이를 바라보았다. 아레이는 이제 좀 진정되어 가까스로 입을 열 수 있었다.

"춘분과 추분, 하지와 동지. 이 특별한 날의 일출과 일몰 방

위는 고고학에서 아주 중요해. 영국의 스톤헨지와 이집트의 피라미드, 일본의 고분도 이때의 태양 위치를 염두에 두고 지었다고 해."

"어째서?"

히카루가 이해하려 애쓰며 아레이에게 물었다.

"고대인들은 태양이 삶과 죽음을 관장한다고 여겼으니까. 한 해 농사와 사람의 생사가 대부분 날씨에 달렸으니 태양의 운동을 관측하거나 예측하는 일은 큰 의미를 지녔을 거야. 춘분과 추분, 하지와 동지는 태양 관측에서 중요한 요소니까 이 날의 햇빛이 특별한 힘을 지닌다고 믿었겠지. 특히 하지는 1년 중 태양의 힘이 가장 강해지는 날이고, 동지는 약해졌던 태양이 되살아나는 반환점에 해당해. 인간은 가장 왕성한 태양에서 힘을 얻고자 하짓날 뜨는 해가 드는 방향에 신전을 세우고, 저세상에서 소생하길 바라며 동짓날 되살아나는 햇빛을 무덤에 비추려고 했던 게 아닐까?"

아레이는 완벽한 설명이라고 생각했지만 히카루의 안색은 어두웠다. 보이지 않는 물음표를 커다랗게 머리 위로 띄운 채 히카루가 아레이에게 말했다.

"늘 생각하는 건데, Q가 하는 말은 갈피를 못 잡겠는데 아레이가 설명하면 더 헷갈려."

"내가 왜?"

Q가 뜻밖이라는 듯 미간을 좁혔다.

"Q보다는 내가 낫지 않냐?"

아레이도 울컥하여 중얼거렸다.

히카루는 그런 두 사람을 보며 살짝 한숨을 쉬었다.

"있지, 어려운 거 빼면 말 못 하니? 이 직선이랑 빈틈, 피코가 주운 거울, 그리고 그림자계가 무슨 연관이 있는지만 딱 알려 주면 되잖아."

히카루와 Q의 뚫는 듯한 시선에 아레이는 마지못해 다시 한 번 설명을 시도해 보기로 했다.

"즉, 모두 태양으로 이어진다는 거야."

"태양으로 이어져?"

이번에야말로 이야기의 핵심을 놓치지 않겠다는 듯 히카루가 신중하게 되물었다.

"그래. 먼저 천신과 황천귀 말인데, 하늘에 있는 신과 땅 밑에 있는 신은 반대잖아? 하늘을 다스리는 천신은 태양신을 말하는 것 같아. 우리 깃든이는 그 태양신인 천신이 불러 모은 멤버고. 깃든이들에게 주어진 건 청동 거울. 옛 문헌에 태양신은 거울을 하사하며 '이 거울을 나라고 여기고 나를 섬기듯이 숭상하여라.'라고 했대. 곧, 거울은 태양의 분신이라는 거지. 여기까지는 괜찮아?"

아레이는 우선 히카루에게 확인했다.

"딱히 괜찮진 않은데, 정리하면 천신은 태양이고 피코가 주운 거울은 태양의 분신이라는 거지?"

"대충 그런 거지." 하고 대답한 사람은 아레이가 아니라 Q였다.

"아레이, 다음 부탁해."

Q가 아주 자연스럽게 공을 넘겼다.

"다음은 빈틈이야. 카오스 고양이는 빈틈을 황천귀의 그림자계에 뚫린 작은 구멍 같은 거라고 했어. 우리의 유일한 살길, 햇빛이 닿는 곳이지……. 즉, 빈틈이 황천귀에게는 약점 아닐까? 만약 그렇다면 빈틈이 매번 같은 직선 위에 생기는 데는 이유가 있을 거야. 거기가 그림자계의, 황천 고치의 제일 취약한 부분인 거지."

"취약한 부분?"

히카루가 되묻자 아레이는 끄덕였다.

"그래. 왜 그런지는 모르겠지만 그림자계 구조상 다른 곳보다 약한 부분이 있어서 그 자리에 늘 구멍이 뚫리는 거야."

히카루는 아레이의 말을 이해하려고 머리를 싸매다가 문득 떠올랐는지 눈을 반짝였다.

"양말이 항상 발꿈치 쪽부터 구멍 나는 것처럼?"

"아……. 뭐…… 비슷해."

살짝 다른 것 같기는 하지만 일단 끄덕이고 아레이는 계속해서 설명했다.

"말하자면 양말 발꿈치가 이 직선과 그림자계 둘레의 접점인 거야. 빈틈은 늘 거기에 나타나. 이 직선이 하지의 일출과 동지의 일몰 지점을 연결한다고 했지? 이건 하지 아침에 막 떠오른 해가 비추는 방향을 나타내기도 해. 1년 중 가장 기세 좋은 햇빛이 내리비치는 길……. 하지의 햇빛이 가장 먼저 그림자계에 닿는 곳. 그곳이 그림자계의 가장 약한 부분이 아닐까? 그러니 늘 그 자리에 구멍, 즉 빈틈이 생기는 거지."

히카루가 지쳤는지 크게 한숨을 토했다.

"여하튼 앞으로는 빈틈을 찾으려고 그림자계를 다 뒤지면서 뛰어다니지 않아도 되겠네?"

"맞아!"

Q가 옆에서 쾌활하게 외쳤다.

"그래서 대발견이라고 했잖아. 이 사실을 알았으니 언제든지 안심이라고! 휙 그림자계 안으로 빨려 들어가더라도 쓱 나올 수 있어. 아! 헐크랑 피코한테도 알려 줘야 하는데."

아레이는 방금 히카루에게 한 설명을 하루코와 피코에게도 되풀이해야 한다고 생각하자 침울해졌다.

하루코가 이 이야기를 이해할까? 피코는 어림도 없겠지.

"하루코한테는 내가 말할게."

히카루의 말에 아레이는 한시름 덜었다.

"근데 피코한테는 설명해 봤자 모르지 않겠어?"

Q도 "으음." 하고 고민하더니 피코에게 설명하는 건 고역이 겠다는 생각이 들었나 보다.

"뭐, 괜찮아. 그림자계에 혼자 들어갈 일은 없으니까. 우리 중 누군가가 함께라면 피코한테는 설명하지 않아도……"

"그런데…… 나머지 한 명은 누굴까?"

히카루가 Q의 말을 끊으며 물어 왔다.

"깃든이가 이 학교에 또 있다고 했잖아. 만일 걔가 깃든이 인 줄 모르고 피코랑 붙었다가 둘이 같이 그림자계로 들어가 버리면? 피코뿐만 아니라 우리도 그 정체불명의 깃든이랑 부딪쳤다간……"

히카루 말이 맞았다.

"하지만 만약 남은 깃든이가 피코와 같은 학년이거나 옆집 친구라면 분명 피코와 함께 벌써 그림자계로 들어갔고도 남았 겠지. 1, 2학년 꼬맹이들은 붙어 다니는 게 일상이니까. 지금까 지 그런 적 없었다는 건, 남은 깃든이가 피코 주변 인물은 아니 라는 거야."

"그럼, 더 높은 학년이라는 뜻?"

히카루의 물음에 아레이는 자신 없이 끄덕였다.

"아마도……"

Q가 끼어들었다.

"근데 뭔가 어마어마한 애는 코빼기도 안 보이는데? 특별한 능력을 가졌다면 눈에 띌 만도 한데……"

"피코도 그랬잖아."

아레이가 말했다.

"하루코도 힘을 숨겼고 나도 기억력을 티 내지 않으려 했어. 피코 같은 경우는 스스로 제힘을 모르고 있었지만. 알면서도 얼마든지 감출 수 있지. 남은 깃든이도 아마 주변에 들키지 않으려 평범한 척하며 학교를 다니고 있을 거야. 그러니까 쉽게 못 찾는 거고."

"차라리 전교생한테 설문 조사 돌리고 싶지 않냐? '당신의 특기를 바른대로 써 주세요.' 하고."

아레이는 그날 결국 청동 거울을 Q에게 넘겼다. 가족 중에 누나라는 조력자가 있는 Q가 거울을 가지고 있는 편이 안전하다고 생각해서였다. 더구나 Q 누나라면 아레이가 알아채지 못한 무언가를 발견해 줄지도 모르니까.

피코는 기운이 넘쳤다. 어제 일 따위 잊어버린 양 쉬는 시간에는 친구들과 운동장을 누볐다. 하지만 팀 깃든이만은 기억하고 있었는지 아레이와 Q를 발견하고는 두 사람 쪽으로 황급히 달려왔다.

"Q 형! 아레이 형!"

목청껏 부르는 피코를 보며 Q가 "오냐!" 하고 끄덕였다.

"어이구! 우리 이름은 잘 외운 것 같네."

그러나 다음 순간, 아레이와 Q는 굳을 수밖에 없었다. 피코가 오른손을 높이 들고 "하이 파이브!" 하고 외치며 뛰어왔기 때문이다.

"헉! 접촉 금지 규칙을 까먹은 거야?"

당황한 Q가 달려오는 피코에게 소리쳤다.

"피코, 멈춰! 하이 파이브 금지!"

그러나 피코의 기세는 멈출 줄 몰랐다.

"도…… 도망쳐!"

아레이는 피코에게 등을 돌려 달리기 시작했다. Q도 함께 달아났다.

"푸히힛! 거기 서라!"

신이 난 피코의 목소리가 뒤통수를 때렸다.

"피코, 알면서 저러네. 재밌어하잖아."

아레이가 알아차리고 괜히 도망쳤다고 생각했지만, 이미 늦었다. 정신을 차려 보니 피코와 두 사람의 술래잡기에 저학년 꼬맹이들이 죄다 따라붙었다. 이쪽에서도 저쪽에서도 아이들이 쫓아왔다. 아레이와 Q는 급기야 서른 명이 넘는 꼬맹이 군단에게서 도망치는 처지가 되고 말았다.

드디어 쉬는 시간이 끝나고 아이들이 교실로 후퇴했을 때,

헉헉 어깻숨을 쉬면서 Q가 중얼거렸다.

"안 되겠다, 아레이! 헐크한테 가서 피코를 묵사발 만들어 달라고 할까?"

"찬성."

아레이도 끄덕였다.

남은 한 명의 깃든이는 부디 좀 더 멀쩡한 아이면 좋겠다고 아레이는 간절히 바랐다.

현장체험학습

찬란한 5월은 눈 깜짝할 사이에 지나갔다. 6학년 이상은 전 교생 현장체험학습 기획을 맡게 되어서 아레이와 아이들은 수시로 모여 머리를 맞대야 했다.

하……. 귀찮아.

속으로 투덜댔지만 회의에서 쏙 빠졌다가 멋대로 일이 정해지는 꼴을 차마 두고 볼 수 없었다. 방금 아레이는 "점심 먹기 전에 다 같이 포크 댄스를 추면 어떨까?"라는 6학년 여자애의 기가 찬 제안을 물리치는 데 성공했다.

아레이가 반대하지 않아서 포크 댄스로 결정 났다면 어떻게 되었을까? 점점 넓어지는 그림자계가 만약 전교생이 체험학습을 가는 공원에까지 이르렀다면 모두가 돌아가며 춤추는 사이,

깃든이와 깃든이가 손을 맞잡는 사태가 벌어졌겠지. 그러면 전 교생 앞에서 깃든이들이 그림자계 안으로 빨려 들어가 사라지고 마는 것이다.

그런 위험천만한 일은 무슨 수를 써서라도 막아야 했다. 그래서 울며 겨자 먹기로 아레이는 회의에 성실하게 임하며 부지런히 의견을 피력했다. 물론 Q와 히카루도 아레이의 의견을 팍팍 밀어주었다.

하루코는 분위기가 이상하게 흘러갈까 봐 대놓고 아레이 편을 들지는 않았다. 대신 육상부 부원들이 은근히 부장인 아레이 손을 들어 주었다. 그래서 아레이가 의견을 내면 거의 100퍼센트 통과가 되었다.

그 모습을 묵묵히 지켜보던 학생 지도 담당 마모루 선생님은 이나미 선생님에게 "요즘 8학년 단합이 좋네요." 하고 칭찬했다고 한다.

"마모루 선생님이 감탄하셨어! 너희도 성장했구나. 처음엔 아주 따로 놀아서 걱정했는데, 이제 똘똘 뭉쳐 현장체험학습을 이끄는 모습이 기특하구나."

감개무량한 표정으로 교실을 둘러보는 이나미 선생님에게 아레이는 속으로 대꾸했다.

하……. 잘못 짚으셨어요. 말 못 할 사정이 있다고요.

히카루와 Q는 어떤 표정을 짓고 있을까 궁금했지만 아레이

자리에서는 일부러 고개를 돌리지 않는 한 두 사람을 볼 수 없어 포기했다. 하지만 분명 Q는 다리를 떨면서 창밖을 바라볼 테고 히카루는 뚱한 표정으로 딴 곳을 보고 있을 거다.

교실을 감싸는 썰렁한 공기 속에서 이나미 선생님의 관자놀이가 또 얼핏 움찔거렸다.

현장체험학습 당일은 근사한 날씨였다. 신도시 북쪽 산맥은 숨 막힐 만큼 초록으로 넘실대고 하늘은 소다 아이스크림을 녹인 듯 연하늘색으로 빛났다.

미래통합학교 전교생 71명은 학년을 섞어 열두 조로 나뉜 뒤 학교를 나섰다. 7, 8, 9학년 열두 명이 각 조의 조장을 맡아 아이들을 인솔하는 것이다.

아레이가 조장인 5조에는 1학년이 세 명, 4학년과 6학년이 한 명씩 있었다. 1학년 남자아이 둘과 여자아이 하나는 피코의 영향으로 아레이에게 말을 놓았다.

"아레이 형, 다리 아파."

아직 10분밖에 안 걸었거든.

"아레이 오빠, 도시락 언제 먹어?"

그러니까…… 이제 출발한 지 10분째라고.

"아레이 형은 왜 아레이야?"

그게 왜 궁금하냐.

되도록 무시하려고 했지만 1학년들은 아랑곳하지 않았다. 아레이가 시큰둥하게 대하면 대할수록 끈질기게 매달렸다.

"아레이 오빠, 초콜릿 좋아해?"

"아레이 형은 몇 살이야?"

"아레이 형! 우리 집에 강아지 있다? 이름이 뭐게?"

아레이는 1학년들의 질문 공세에 질려 조장 역할을 내던지고 싶었다. 한편 코앞에 가는 4조의 Q는 꽤 능수능란하게 1학년의 공격을 받아치고 있었다.

"있잖아, Q 형! 왜 Q야?"

"부모님이 그렇게 지었거든."

거짓말. Q는 이름이 아니잖아? 별명이면서…….

아레이는 속으로 혀를 내둘렀다.

"무슨 Q인데?"

"큐샤의 Q."

Q가 또 적당히 둘러댔다.

"엥? 이상해!"

"그래? 난 마음에 드는데. 오샤의 O나 피샤의 P보다 훨씬 멋있잖아."

저게 무슨 얼토당토않은 소리야?

Q의 궤변에 아레이는 또 혀를 찼지만, 1학년들은 알파벳도 모르는 주제에 고개를 끄덕이며 좋아했다.

모노레일 역까지 걸어가는 20분 동안 아레이는 벌써 진이 다 빠졌는데, 체험학습은 이제 시작일 뿐이었다. 여기서 모노레일을 타고 다음 역에서 내린 뒤 또 10분 정도 걸어야 했다.

결국 공원 한가운데 있는 광장에 전교생 모두 도착한 시간은 11시 15분 전이었다.

오는 내내 "다리 아파!", "더워!", "목말라!", "배고파!" 하고 칭얼칭얼 투정 부리던 1학년들은 공원에 도착하자마자 희희낙락 떠들기 시작했다.

"얘들아, 화장실 가고 싶은 사람은 다녀와!"

아레이가 광장 끝에 있는 화장실을 가리키며 외쳤지만, 아무도 듣지 않는 듯했다.

도시락이 든 짐을 나무 그늘에 모아 두고 잠시 쉬는 시간을 가진 뒤, 첫 번째 게임이 시작되었다. 조 대항 깡통 차기다.

먼저 각 조의 대표가 가위바위보로 술래를 정한다. 술래가 된 조는 광장 끝 바닥에 둔 깡통을 발로 차지 못하게 지키면서 나머지 조를 쫓는다.

술래에게 잡힌 사람은 포로가 되어 광장 중앙 바닥에 그린 원 안에 모이는데, 같은 조 사람이 터치해 주면 원 밖으로 달아날 수 있다. 누군가 깡통을 차면 모든 포로가 해방되어, 술래는 처음부터 다시 추격전을 벌여야 한다.

나머지 조가 모두 포로가 되면 술래 조의 승리. 제한 시간 20분 안에 포로를 다 잡아들이지 못하면 게임은 끝나고 승부는 판정에 맡겨진다. 포로가 45명 이상이면 술래 조가 이기고, 44명 이하면 살아남은 인원이 가장 많은 조가 이긴다.

이 단순한 게임은 예상외로 달아올랐다. 시작과 동시에 9학년 갈색 머리 겐이 이끄는 술래 조가 우왕좌왕 도망치는 다른 조 아이들을 잡으러 돌아다녔다. 아레이는 붙잡힌 5조 조원을 구출하려고 조용히 광장 중앙으로 다가가려 했지만, 경비가 삼엄해서 좀처럼 손쓸 수 없었다.

겐은 게임 전반에 사방팔방 뛰어다니며 착실히 포로를 늘린 뒤, 후반에는 광장 한복판에 떡 버티고 서서 눈을 번뜩이며 포로를 지켰다. 심지어 깡통 쪽에는 1학년 둘을 붙여 단단히 수비했다.

포로는 이제 제법 불어났다. 히카루와 하루코도 잡혔다.

"앞으로 3분!"

심판인 이나미 선생님이 남은 시간을 알렸다.

또 한 사람, 깡통을 차려고 달려든 4학년 여자아이가 술래에게 잡혔다. 아이들이 실망한 듯 술렁였다.

저학년 아이들은 모조리 잡혀 버린 모양이었다. 4, 5, 6학년도 몇이나 살아남았는지 모르겠다.

역전을 노리려면 역시 깡통을 차는 수밖에 없겠지.

광장을 둘러싼 벚나무 그늘에서 아레이가 튀어 나갈 타이밍을 재려고 몸을 내밀었을 때, "야!" 하고 부르는 소리가 났다. 뒤돌아보니 대각선 뒤 상수리나무 옆에 Q의 머리가 빼꼼히 나와 있다.

"동맹 맺자."

Q가 나무 그늘에서 소곤소곤 말했다.

"내가 겐을 유인할 테니까, 그때를 노려 깡통을 차 버려."

"앞으로 2분!"

이나미 선생님이 외쳤다.

그 순간 반대편 나무숲에서 누군가 달려 나왔다. 7학년 야스카와였다.

포로들이 환호했다. 육상부 7학년 둘도 힘차게 응원했다.

"우아아아! 야스카와, 힘내!"

야스카와와 같은 10조 아이들이 포로 감옥인 원 안에서 열심히 손을 뻗었다.

"조장! 터치! 터치!"

야스카와는 쪼르르 날쌨다. 겐의 허를 찔러 추격을 따돌리고 돌아들듯이 포로가 있는 원으로 다가가더니 한 아이의 손을 터치하고 그대로 전력 질주하여 도망쳤다.

"좋았어!"

포로가 풀려나 달아났다. 그러나 겐은 그쪽엔 눈길도 주지 않고 야스카와의 꽁무니를 쫓았다.

반대편으로 멀어져 가는 야스카와와 겐을 보고 Q가 깡통을 향해 달렸다. 깡통을 지키던 1학년 아이들이 Q를 보고 비명을 질렀다.

"겐 형! 큰일 났어!"

"Q 형이다!"

겐이 허겁지겁 되돌아왔다. 1학년 둘은 깡통을 지키면서 안간힘을 다해 Q를 잡으려고 손을 뻗었다. Q는 그 손을 피하면서 깡통 주위를 달리며 기회를 엿봤다.

"1분 남았다!"

이나미 선생님의 목소리가 울렸다.

"Q! 깡통 차 버려!"

"어서!"

"Q 선배! 힘내요!"

포로들이 저마다 외쳤다.

그러나 겐이 돌아왔고 Q는 도망쳤다. 겐과 1학년들이 Q를 뒤쫓았다.

달아나는 Q와 쫓아가는 세 사람이 깡통에서 멀어진 그 순간, 아레이가 나무 그늘에서 튀어나와 단숨에 광장 끝 깡통으로 돌진했다.

쨍그랑!

경쾌한 소리를 내며 깡통이 날아갔다. 와아, 환호성이 터졌다. 달아나던 Q가 외치는 소리가 들렸다.

"도망쳐! 다들, 도망쳐! 아레이가 깡통을 찼다!"

"아오!"

겐이 절규했다.

넋 나간 겐 조의 1학년들, 뿔뿔이 나무숲으로 달려가는 포로들, 삑삑거리는 이나미 선생님의 호루라기 소리…….

게임 종료다.

아레이는 파란 하늘을 올려다보며 가슴 가득히 바람을 들이마셨다.

"오빠! 나이스!"

아키나의 목소리다.

"해냈다!"

"아레이 선배, 최고!"

모두 함빡 웃으며 입을 모아 말했다. 아레이의 뱃속에서도 웃음이 솟구쳤다.

히카루가 반대편에서 손을 흔들었다.

"아레이 선배, 멋져요!"

하루코의 목소리도 들렸다.

"아레이, 한 건 했네!"

Q가 싱글벙글 웃으며 아레이 쪽으로 걸어왔다.

이때 처음으로 아레이는 현실 세계에서 Q나 히카루, 하루코와 맞닿을 수 없다는 사실이 조금 아쉬웠다.
마음껏 하이 파이브도 할 수 없다니…….
공원 광장에 경쾌한 웃음소리와 부드러운 바람이 너울댔다. 그림자계 따위 까맣게 잊을 수 있을 만큼 태양이 밝게 빛나고 있었다.

조별로 도시락을 먹고, 오후에는 '수수께끼 보물찾기'라는 조 대항 게임을 했다. 일곱 가지 수수께끼를 풀고 미션에 따라 보물을 찾아서 가장 먼저 결승 지점으로 돌아오는 조가 이기는 게임이었다.
아레이와 아이들은 모든 선생님의 서명을 모으거나 산책로에 있는 전망대 위로 올라가 도토리 하나를 주워 오기도 하며 공원을 방방곡곡 다 함께 뛰어다녔다. 이때만큼은 그림자계나 황천귀가 거의 떠오르지 않았다.
어느샌가 몸에 익은 경계심 탓에 깃든이 아이들과 접촉하는 걸 피하고는 있었지만 한편으로는 여기라면 조금 닿아도 괜찮을 것 같았다. 그림자계가 아직 이 공원까지 커지지 않았을 수도 있으니까. 아무래도 이곳은 신도시의 외곽이니까…….
유치하다고 생각했던 게임에 열을 올리며 귀찮기만 했던 저학년 아이들과 어느새 한마음 한뜻이 되고 보니, 모든 일정이 눈 깜짝할 사이에 지나갔다. 이대로 나쁜 일은 하나도 일어나지 않고, 체험학습을 무사히 마친 후 다 함께 학교로 돌아가 하교할 일만 남았다고 생각했다.

그러나 불길한 징조가 있었다. 보물찾기 중 아레이가 이끄는 5조와 9학년 에모토가 이끄는 1조가 스쳐 갈 때였다. 1조에는 피코가 있었다. 맨 끝에서 걷던 피코가 아레이 발 바로 앞으로 두세 번 접은 종이를 던졌다.

"피코! 쓰레기 버리지 마."

아레이 조의 1학년 남자아이가 톡 쏘았다. 아레이는 잠자코 그 종이를 집어 주머니에 찔러 넣었다.

"또 봤어."

피코가 옆을 지나며 속삭였기 때문이다.

덜컹 가슴이 내려앉았다. 아레이는 조원 모두에게 들키지 않게 슬그머니 주머니에서 종이를 꺼내 펼쳐 보았다.

뭐야, 이게······?

가면을 쓴 사람 같은 게 그려져 있다. 그런데 얼굴이 너무 둥글고 손이 너무 짧다. 게다가 발은 없다. 그림 아래에 괴발개발로 글자도 써 두었다.

'위험해.'

아레이는 도무지 알 수 없었다. 낙서로밖에 보이지 않았다. 피코는 미래를 본 게 아니라 그저 지난번처럼 아레이를 놀리려는 게 아닐까? 피코에게 자세히 묻고 싶었으나 결국 게임이 끝날 때까지 그 기회는 오지 않았다.

오후 일정이 다 끝나고 집합 시간이 되었다. 1, 2, 3학년은 버스를 타고 먼저 학교로 돌아가고 4학년 이상은 다시 모노레일 역까지 걸어가기로 했다.

"3학년까지는 화장실 다녀와서 선생님 있는 곳으로 집합!"

2학년 담임 선생님이 외쳤다.

"4학년부터는 여기서 대기!"

4학년 담임 선생님도 아이들에게 알렸다.

광장은 짐을 챙기는 아이, 화장실로 뛰어가는 아이, 집합 장소에 모여 서성이는 아이들로 북적였다.

정신없는 가운데 Q가 아레이에게 손을 흔들었다.

"야, 아레이. 히카루는?"

"화장실 갔겠지."

아레이가 주위를 둘러보며 답했을 때였다.

"아레이 선배! Q 선배!"

화장실 건너편에서 하루코가 창백한 얼굴로 뛰어왔다.

"왜 저러지?"

일직선으로 달려오는 하루코를 보며 Q가 중얼거렸다.

하루코는 맹렬한 속도로 두 사람 가까이 뛰어오더니 약 2미터 간격을 남기고 급하게 멈춰 섰다. 주위를 둘러보며 보는 눈이 없는지 확인한 뒤, 헉헉 가쁜 숨을 몰아쉰 하루코가 목소리를 낮추어 말했다.

"사라졌어요. 눈앞에서 사라졌다고요!"

"뭐?"

아레이와 Q가 놀라서 얼굴을 마주 보았다. 나쁜 예감이 가슴속에 뭉게뭉게 피어올랐다.

"피코가?"

주머니에 볼록하게 들어 있는 피코의 그림을 의식하면서 아레이가 물었다.

역시 그 그림은 장난 따위가 아니라 어떤 메시지였나 보다. 미래에 중요한 의미를 지니는 상징인지도 모른다.

"아니요."

하루코는 다급하게 도리질을 쳤다.

"피코가 아니고요. 히카루 선배……. 사라진 건 히카루 선배예요!"

"뭐라고?"

아레이와 Q는 재차 얼굴을 마주 본 뒤 하루코를 뚫어져라 보았다. 이해할 수 없었다.

히카루가? 하루코 앞에서? 어떻게?

"거짓말! 깃든이끼리 닿지도 않았는데 왜 갑자기 사라져? 혼자 그림자계로 들어갈 수 있나?"

Q도 혼란스러워하며 말을 늘어놓았다.

하루코가 답답했는지 한 발 앞으로 나왔다. 꼭 그 거리에서 말해야만 의미가 전달된다는 듯이.

조금 떨어진 곳에서 1, 2, 3학년 아이들 인원수를 확인하고 있었다. 피코는 1학년 줄에 서 있었다. 4학년 위로는 아직 모이지 않고 웅성거리며 주변을 서성였다. 그러나 그 속에 히카루는 없었다.

불길한 예감이 묵직한 불안이 되어 아레이 마음속에 휘몰아치기 시작했다.

허둥대던 하루코가 간신히 호흡을 가다듬고 입을 열었다.

"저도 뭐가 뭔지 모르겠어요. 숲에서 쓰레기를 주울 때 다른 사람들은 먼저 가 버리고 히카루 선배가 도와줬는데, 이나미 선생님이 '서둘러. 곧 모일 시간이야.' 하고 히카루 선배의 어깨를 두드리는 순간 사라졌어요. 둘 다……. 펑! 하고!"

"둘 다?"

아레이가 놀라 되물었다.

"지금 둘 다라고 했어?"

"네에."

하루코가 끄덕였다.

Q가 급하게 옆에서 질문을 얹었다.

"에엥? 이나미 선생님도 사라졌다고?"

"글쎄 그렇다니까요!"

하루코는 짜증을 내며 소리쳤다.

"몇 번을 말해요! 같이 사라졌어요. 히카루 선배랑 이나미 선생님……"

어떻게 된 거지?

아레이는 혼미한 정신으로 생각하려 애썼다.

하루코가 입을 다문 아레이를 보며 불안스레 물었다.

"히카루 선배…… 그림자계로 들어간 걸까요? 혼자서? 아니면 이나미 선생님이랑? 왜죠?"

아레이는 초조하게 고개를 가로저었다.

"뭐가 어떻게 된 건지 모르겠어……"

"선생님도 깃든이인가?"

"그건 아닐걸."

Q의 추측을 아레이가 단박에 부정했다.

"네 누나 말대로 깃든이 나이에는 일정한 기준이 있는 것 같아. 우리처럼 열다섯 살 정도까지로. 뭐, 고양이 나이는 모르겠지만 아마 이 안에 속하겠지. 근데 나머지 한 명만 30대일 가능성은 희박하다고 봐."

"그럼 뭔데? 왜 이나미 선생님이랑 히카루가 같이 사라진 건데?"

"몰라. 하지만……"

아레이는 술렁이는 가슴을 억누르며 말을 토해 냈다.

"황천귀는 점점 진화하고 있어."

"그래서?"

Q가 뒷말을 재촉했다. 하루코도 겁에 질린 얼굴로 다음 말을 기다렸다. 아레이는 크게 한 번 숨을 들이쉬고 마음속 불안을 털어놨다.

"어쩌면 히카루는 황천귀에게 끌려간 걸지도 몰라."

"끌려가요? 어떻게요?"

하루코가 사방을 살피며 되물었다.

"그걸 내가 어떻게 아냐? 아무튼 히카루랑 선생님은 사라졌어. 이나미 선생님의 경우엔 그저 휘말린 건지, 아니면 어떤 이유가 있어서인지 몰라. 우리가 아는 건 딱 하나. 두 사람이 이 현실 세계에 이미 없다는 것."

"우아악! 어떡하지?"

Q가 숲을 바라보면서 아레이에게 물었다.

아레이 머릿속에 히카루의 말이 또렷이 되살아났다.

'실수로 음악실에 갇힌 적 있는데, 이대로 아무도 안 찾아 주면 어쩌지, 하고 엄청 마음 졸였던 적이 있어…….'

지금도 히카루는 그림자계에서 그렇게 생각하고 있을까?

"가자."

아레이는 제 입이 그렇게 말하는 걸 들었다.

"그러게. 가 볼까……."

Q가 편의점 따라가는 사람처럼 태연하게 끄덕였다.

"저도 갈래요."

하루코가 결연한 표정으로 아레이에게 말했다.

"아니, 넌 여기 남아 줘."

"왜요? 저도 한 팀이라고요."

의외로 의리파인지 하루코가 진지하게 말했다.

"넌 선생님들을 맡아."

아레이는 광장을 빙 둘러보면서 하루코에게 임무를 주었다.

저학년 아이들이 버스 정류장으로 출발하려 했다. 다음은 고학년이 집합할 차례였다.

"우리가 없다고 문제가 되지 않게 그럴싸한 말로 둘러대 줘. Q랑 나, 히카루 심지어 이나미 선생님까지 없다는 건 8학년 전체가 행방불명됐다는 뜻이니까. 한술 더 떠 너마저 없어지면 한바탕 난리가 나겠지? 그러니 넌 여기 남아서 일을 잘 처리해 줘. 부탁이야."

"근데 말이야……. 헐크 없이 괜찮을까? 또 그림자들이 덮쳐 오면 믿을 구석은 헐크의 괴력뿐인데."

어쩐 일로 하루코는 헐크라는 말에 달려들지 않았다.

"이젠 빈틈이 어디쯤 있을지 대충 아니까 곧장 거기로 가면 돼. 그림자 괴물들은 느릿느릿 움직이니 우리끼리 충분히 따돌릴 수 있을 거야. 중요한 건 빈틈을 찾아서 오류를 밝혀낼 수 있느냐, 그뿐이잖아?"

그러니 Q와 자신으로 괜찮을 거라고 아레이는 생각했다. 전교생 나들이에서 여럿이 갑자기 사라져 버리면 일만 커져서 뒷수습이 곤란해질 터였다.

"알았어요."

하루코가 순순히 고개를 끄덕였다.

"그 대신……"

하루코의 눈이 지그시 아레이를 향했다.

"히카루 선배 꼭 데려오기예요! 돌아오면 무조건 연락 주고요. 기다릴 테니까요."

"응. 그럼, 뒷일을 부탁할게. 잘 좀 얘기해 줘."

하루코가 어렴풋이 입꼬리를 올리며 말했다.

"걱정 마세요. 둘러대는 건 제 전문이니까."

삑 호루라기가 쨍하게 울렸다.

"자! 고학년 집합!"

아레이는 잽싸게 주위를 살피며 Q에게 말했다.

"여기서 사라지는 건 곤란해. 화장실 뒤로 가자."

"오케이!"

Q가 달렸다. 아레이도 고학년 무리를 거슬러 Q를 뒤따랐다.

"조심하고요!"

하루코의 목소리가 뒤에서 울렸다.

화장실 건물 그늘로 뛰어들어 주위를 살폈다. 이제 이 근처에 아이들은 없는 듯했다.

"갈까?"

Q가 말했다.

"가자."

아레이는 Q에게 오른손을 내밀며 끄덕였다. Q가 손을 뻗어 아레이 손을 맞잡았다.

구불텅하고 공기가 비틀리는 느낌이 났다.

아는 자

파란 하늘과 햇빛은 사라졌다. 소리도, 흙과 나무의 냄새도 더 이상 나지 않는다.

숲 위로 부연 하늘이 보였다. 조금 전까지 분명 광장을 채웠던 학생들과 선생님들은 모두 사라졌다.

"들어왔네……."

아레이는 중얼거리며 Q와 맞잡은 손을 놓았다.

"그림자계야?"

확인하는 Q에게 아레이가 "어." 하고 끄덕였다.

"히카루는 어딨지?"

Q가 숲속을 두리번두리번 살폈다.

히카루도 이나미 선생님도 보이지 않는다. 그림자 괴물도

땅거미도 없다. 숲속은 그저 적막했다.

"야! 히카루!"

Q가 외쳤다. 목소리가 곧장 희뿌연 하늘로 빨려 들어가 흩어졌다.

"이나미 선생님!"

Q가 또 소리쳤다. 이번에도 대답은 없다.

"둘 다 어딜 간 거지?"

Q가 고개를 갸웃했다.

아레이도 그림자계 속 환상의 공원을 살피며 생각했다.

도대체 그림자계는 어디까지 넓어진 걸까?

체험학습 온 공원은 미래신도시의 동쪽 끝이다. 이 옆부터는 다른 동네였다. 두 사람은 지금 공원의 한가운데 있는 광장 가장자리에 있다.

"그림자계 변두리로 가 보자."

아레이가 Q에게 말했다.

"히카루도 빈틈이 나타나는 곳을 아니까 탈출하기 위해 그쪽으로 올 거야."

아레이와 Q가 나란히 걸음을 떼려던 그때였다.

"아얏!"

Q가 난데없이 목소리를 높였다. 곧 툭 하고 둔탁한 소리를 내며 무언가가 굴렀다. 골프공만 한 돌이었다.

"아오, 아파라! 누구야, 돌 던진 사람!"

Q가 엉덩이 주위를 살살 문지르며 뒤를 돌아봤다. 아레이는 마른침을 삼키며 숲으로 시선을 던졌다.

5미터쯤 떨어진 상수리나무 둥치에서 바람도 불지 않는데 골담초 덤불이 한들거렸다. 그러더니 문득 덤불 뒤에서 누군가가 일어섰다.

"아……!"

"히카루!"

다가가려는 두 사람을 "잠깐!" 하고 히카루가 날카롭게 멈춰 세웠다.

"왜 그래?"

Q와 아레이가 덤불 앞에서 우뚝 섰다.

히카루는 두 사람을 물끄러미 맞바라보며 짐짓 심각한 얼굴로 물었다.

"진짜 맞아? 진짜 아레이랑 Q야?"

"뭐?"

아레이와 Q는 멍하니 얼굴을 마주 봤다.

"무슨 소리야? 진짜지 그럼 가짜냐? 기껏 찾으러 왔더니만 의심하고 난리야."

Q가 볼멘소리를 했지만 히카루는 아직 믿지 못하겠는지 딱딱한 표정을 누그러트리지 않았다.

"8학년 급훈 말해 봐."

"급훈? 뭔데 그게?"

Q가 되물으며 멍청히 아레이를 보았다.

아레이는 교실 칠판 위에 내걸린 급훈을 뚱하게 읊었다.

"아낌없이 배려하고 진솔하며 정다운 반."

물론 이 니글거리고 진부한 문구를 생각해 낸 사람은 이나미 선생님이었다.

히카루는 그제야 굳은 표정을 풀고 덤불에서 성큼 나왔다.

"진짜 아레이랑 Q 맞네."

"그렇다고 했잖아."

Q가 투덜댔다.

"너, 괜찮아? 이나미 선생님은? 같이 있는 거 아니었어?"

아레이가 총알같이 히카루에게 질문했다.

히카루의 얼굴은 파랗게 질려 보였다. 히카루는 아레이와 Q 어깨 너머로 광장을 바라보며 조그맣게 끄덕였다.

"난 멀쩡해. 근데 이나미 선생님…… 진짜 이상해. 가짜일지도 몰라."

"근데 이나미 선생님은 원래 이상하잖아?"

Q가 갸우뚱하며 말했다.

"그런 게 아니라……."

히카루는 잠시 머뭇거리더니 말을 이었다.

"평소랑 180도 다른 느낌이야. 여기로 들어오자마자 태도가 변했어. 말투도 싹 바뀌고 딴사람이 됐어."

아레이는 히카루의 말을 곱씹으면서 히카루가 살피는 쪽으로 눈길을 들었다.

"그래서? 선생님은 어딨는데?"

"아마 버스 정류장으로 간 것 같아."

히카루가 광장 서쪽으로 눈을 돌리며 말했다.

"난 같이 가는 척하면서 선생님을 따돌리고 여기까지 되짚어 온 거야. 그랬더니 너희가 갑자기 나타나잖아. 그래서 숨었지. 저번처럼 너희도 가짜일지 모르니까."

"그래서 돌을 던져서 Q가 안개처럼 흩어지지는 않는지 확인하고, 그래도 성에 안 차서 나한테 급훈까지 말해 보라고 한 거였구나."

아레이가 중얼거리며 끄덕였다.

"야, 그래서 급훈이 뭐라고?"

칠판 위에 큼지막하게 붙어 있는 급훈을 거들떠보지도 않는 건지 Q가 물었다. 아레이도 히카루도 대꾸하지 않았다.

"아무튼 그림자계 변두리로 가 보자. 그 어딘가에 빈틈이 나타났을 거야."

"이나미 선생님은 어쩌고?"

아레이에게 히카루가 물었다.

어려운 문제였다. 어딘가 수상한 선생님을 그림자계에 내버려두어야 할까, 아니면 찾아서 함께 현실 세계로 데리고 돌아가야 할까?

애초에 왜 이나미 선생님은 깃든이도 아닐 텐데 그림자계로 들어와 버린 걸까?

생각에 잠겨 있던 아레이가 히카루에게 물었다.

"선생님이 네 어깨를 두드린 순간 둘 다 사라졌다고 하루코가 그러던데, 맞아?"

"응, 그때 같이 여기로 빨려 든 것 같아."

"선생님 반응은 어땠어?"

아레이의 질문에 히카루가 어깨를 살짝 움츠렸다.

"흠, 허둥지둥하면서 툴툴거리던데? 난 아무 말도 안 했어. 선생님한테 그림자계나 깃든이에 관해 털어놓기는 좀 그렇잖아? 근데 나는 어떻게 여기로 들어온 거지? 깃든이랑 접촉한 적이 없는데……. 역시 이나미 선생님이 수상하지 않아?"

히카루는 웬일로 말을 곧잘 했다. 지금까지 그림자계에서 혼자 있느라 극도로 긴장한 게 스르르 풀려서였는지도 몰랐다.

"어쩔 거야. 빈틈을 찾으러 가? 아니면 이나미 선생님부터 찾아? 어느 쪽?"

Q가 해맑게 물었다.

"얘들아!"

아레이와 Q, 히카루는 숨을 헉 삼키고 광장 너머를 물끄러미 보았다. 반대편 숲 초입에서 이나미 선생님이 손을 흔들고 있었다. 하지만 무언가 묘했다.

"야아!"

다시 한번 이나미 선생님이 외쳤을 때, 아레이와 Q는 얼굴을 마주 보았다.

"엥? 저런 목소리였나? 이나미 선생님……"

Q가 갸우뚱했다.

줄곧 들어 왔던 삐걱거리는 선생님 목소리와는 분명 달랐다. 삐걱거리는 건 똑같지만 무언가 낯설었다.

"역시 가짜 같지?"

히카루가 속삭였다.

"도망칠까? 아니면 우리도 같이 손을 흔들어?"

Q가 망설이며 아레이와 히카루를 보았다.

모르겠다. 적군이냐, 아군이냐…….

아레이도 혼란스러웠다.

마음의 결정을 내리지 못한 세 사람을 향해 이나미 선생님이 광장을 가로질러 다가왔다.

"이…… 일단은."

Q가 꿀꺽 숨을 삼키며 말했다.

"돌을 던져 보자. 가짜라면 저번처럼 흐물거리겠지?"

Q는 벌써 발밑의 돌을 주워 들었다. 아까 히카루가 Q에게 던진 돌보다 제법 컸다. 테니스공 수준이다.

"얘들아!"

이나미 선생님이 손을 와이퍼처럼 붕붕 흔들었다. 반응이 없자 안달이 난 모양이다. 손을 마구 흔들며 돌진하듯 빠르게 다가온다.

이제 광장을 거의 다 건넜다. 아이들과의 거리는 대략 10미터 안팎.

Q가 휙 돌을 쳐들었다. 부웅 하늘을 가르며 돌이 날았다.

껑충 이나미 선생님이 돌을 피했다. 선생님 뒤로 돌이 쿵 떨어졌다.

"헉! 피했어."

Q가 눈을 치떴다.

"에이, 무슨 짓이야아!"

코앞까지 온 이나미 선생님이 샐쭉거리며 입을 열었을 때, 아레이는 비로소 아까부터 느끼던 위화감의 정체를 깨달았다.

"선생님한테 돌 던지면 안 되지이."

아레이의 등골이 으슬으슬 서늘해졌다. 평소와 같은 이나미 선생님 목소리가 아니었다. 어린아이의 목소리였다.

"우악, 뭐야?"

Q도 흠칫하며 반 발짝 물러섰다.

목소리만이 아니었다. 말투와 표정도 영 딴판이었다. 겉은 그대로인데 속만 확 바뀌어 버린 것 같다.

"당신…… 누구야?"

히카루가 도전장을 던지듯 물었다.

선생님은 고개를 살짝 기울이고 이상하다는 듯이 히카루의 얼굴을 빤히 쳐다봤다.

"에이……. 학교에서 맨날 보면서…… 나 기억 안 나아?"

평소 이나미 선생님처럼 주뼛거리지도, 어색하게 움찔거리지도 않았다. 그저 천진난만하게 갸웃거리며 동그랗게 뜬 눈으로 히카루를 바라봤다. 아주 꺼림칙했다.

역시 이상해…….

아레이가 그렇게 생각했을 때, Q도 중얼거렸다.

"엑, 뭐야? 전혀 이나미 선생님답지 않아."

세 사람은 누가 먼저랄 것 없이 선생님에게서 거리를 두려 슬금슬금 뒷걸음질하기 시작했다.

"힝, 왜 그래애."

선생님이 어린애처럼 또 입을 삐죽거렸다.

"나 따돌리지 마아. 다 알아! 너희 셋 모두 깃든이지?"

아레이와 Q, 히카루는 말없이 얼굴을 마주 보았다.

"아무리 비밀로 해도 다 알거드은?"

이나미 선생님은 어깨를 들썩이며 키득키득 웃었다.

"아레이랑 Q가 깃든이인 건 이미 알고 있었지. 오리엔테이션 날 둘이 사라졌을 때부터! 근데 히카루도 깃든이일 줄은 몰랐네에? 헛, 우아아! 그러면 8학년 전체가 깃든이라는 말이잖아? 멋지다아아!"

갑자기 말을 끊고 이나미 선생님은 세 사람에게 어딘가 비밀스러운 시선을 보내왔다.

"저기…… 좋은 소식 알려 줄까? 있지, 나도 깃든이야아!"

아레이와 아이들은 시간이 멈춘 듯 그 자리에서 굳었다. 이 말을 어떻게 받아들여야 할지, 뭐라고 답해야 좋을지 몰라 머릿속이 새하얘졌다.

"거, 거짓말!"

맨 먼저 정신 차리고 외친 사람은 Q였다.

"당신은 아저씨잖아!"

"아저씨 아니거드은?"

이나미 선생님은 시무룩한 표정으로 Q의 말을 맞받아쳤다.

"나 아직 아홉 살이란 말이야."

이나미 선생님의 얼굴을 한 아저씨가 어린이 목소리로 자기를 아홉 살이라 소개하는 건 심히 징그러웠다.

아레이는 또 등에 오한이 드는 걸 느끼면서 생각했다. 이나미 선생님이 아홉 살일 리 없다. 선생님이 굳이 학부모용 유인물에 쓸데없이 자기 프로필을 실었던 걸 아레이는 똑똑히 기억하고 있었다.

이나미 다카히로. 1992년 2월 29일생. 물고기자리. 혈액형은 AB형.

즉 선생님은 서른 중반이다. 문제는 이 가짜 이나미 선생님의 태도다. 아이들을 속일 작정이라면 제 나이에 맞게 굴면 될 텐데 왜 어린이 같은 목소리와 행동으로 굳이 아홉 살이라고 우기는 걸까? 어째서 자기도 깃든이라는 둥, 괴상한 거짓말을 하는 걸까?

"아홉 살 같은 소리 하네."

Q가 말했다.

"그런다고 믿을 것 같아요?"

히카루도 툭 뱉었다.

그러나 그때 아레이 마음속에 어떤 생각이 떠올랐다.

1992년에 태어났는데 이제 겨우 아홉 살이라는 건……. 생일이 2월 29일이니까…….

"어쩌면…… 윤년이라서?"

저도 모르게 소리 내어 중얼거리는 아레이에게 아홉 살 이나미가 배시시 끄덕이며 짝짝 손뼉을 쳤다.

"맞아, 그거야아! 딩동댕! 내 진짜 생일이 돌아오는 건 4년에 한 번뿐이야. 그러니 아홉 살인 거라고. 자, 깃든이 나이 조건에 들어맞지? 나도 너희와 같은 깃든이야. 아 참, 우리 집은 대대로 깃든이 집안이다아? 난 깃든이 중에서도 특별한 프로 깃든이라고.”

"야, 야.”

Q가 아레이의 팔을 잡아당겼다.

“아레이, 통역 좀 해 봐. 뭐라는 거냐?”

“프로 깃든이가 뭔데?”

히카루마저 합세하여 질문을 던졌지만 아레이라고 알 턱이 없었다. 묵묵부답인 아레이 앞에서 이나미가 웃었다.

“헤헤헤. 다들 뭘 그렇게 놀라? 그야, 프로는 철저하게 정체를 숨기는 법이니까. 우리 집은 옛날 옛적부터 깃든이를 업으로 삼아 왔어. 신을 섬기는 직업을 대대로 이어 왔다는 말이지.”

“직업이라니 무슨 소리야? 직업은 선생님이잖아?”

히카루가 이번에는 직접 이나미에게 질문을 던졌다.

“그건 부업. 우리 집 가업은 액운을 쫓는 거야. 액막이지. 왜, 땅거미 봤지이?”

아레이는 Q, 히카루와 얼굴을 마주 보며 조그맣게 끄덕였다. 이나미가 계속했다.

“그 땅거미들처럼 황천국에 눌러앉지도 못하고 이제 신이라 불릴 만한 힘도 없어서 인간 세계를 떠도는 녀석들이 종종 있거든. 뭐, 보통은 해를 끼치지는 않지만, 가끔 재앙을 불러일으키기도 해. 그럴 때 우리가 나서서 그것들을 물리치고 재앙을 막는 거야."

아레이가 무심결에 물었다.

"인간 세계를 떠도는 녀석들?"

"여러 가지로 부르지. 악귀, 요괴, 귀신, 망령……"

Q가 눈을 반짝이며 끼어들었다.

"우오오! 그럼, 너희 집은 그런 요괴나 악귀를 해치우는 프로라는 뜻? 퇴마사처럼?"

"뭐 그렇지."

이나미는 씩 웃으며 말을 이었다.

"하지만 다 그렇지는 않아. 같은 핏줄이라고 다 깃든이의 능력을 타고나는 건 아니어서. 근데 말이지이……"

이나미는 아주 기고만장했다.

"나는 프로 중에서도 프로 깃든이라고! 힘으로나 기술로나. 윤년 2월 29일생이니까. 원래 프로 깃든이의 전성기는 대략 여섯 살부터 열다섯 살까지라고 하는데, 난 그 전성기 힘을 네 배나 오래 보유할 수 있는 거지."

이나미가 의기양양한 웃음을 띠며 싱글벙글 아이들을 돌아보았다.

아레이의 마음속에 언젠가 카오스 고양이가 했던 말과 더불어 한 가지 생각이 스쳤다.

나머지 두 깃든이 중 한쪽은 보는 자, 다른 한쪽은 아는 자라고 했었지…….

이나미는 대대로 깃든이를 가업으로 삼는 집안에서 태어났으니 천신의 계획과 황천귀의 음모에 대해 아는, '아는 자'일지도 모른다.

히카루는 믿을 수 없다는 표정으로 이나미를 쳐다봤다. 외모는 서른 중반 아저씨인데 목소리는 아홉 살 어린이인 남자에게 히카루가 물었다.

"여태 이 모든 걸 숨겼다는 소리야? 학교에서는 내내 그렇게 평범한 선생님인 척한 거냐고."

8학년 급훈이 괜스레 아레이 머릿속에 뚜렷이 떠올랐다.

진솔하며 정다운 반……. 엄청난 걸 숨기고도 우리한테 잘도 진솔해야 한다고 훈계했네.

"아니야아, 숨긴 거."

이나미는 주눅 드는 기색도 없이 순진무구하게 대답했다. 그러나 그 웃는 얼굴과는 달리 아이들을 바라보는 눈에는 신비로운 빛이 드리워 있었다.

"내 속엔 두 명의 내가 살고 있어. 30년 넘게 살아온 어른인 나랑 아홉 살인 깃든이인 나. 깃든이인 나는 평상시엔 마음 깊숙한 곳에 숨어서 밖으로 나오지 않아. 하지만 안에서 다 보고 있어. 그래서 학교 일을 다 알지. 그런데 어른 이나미는 아홉 살 이나미의 존재를 몰라. 전혀. 이런 말도 있잖아? 적군을 속이려면 아군부터 속이라고……."

이나미는 키득키득 웃었다.

"프로 깃든이의 일은 말이야, 꽤 스트레스가 심하거든. 더구나 깃든이라는 게 알려지면 일부러 달라붙는 악귀나 요괴도 있어. 그래서 난 평소에는 어른 이나미 속에 숨어서 놈들의 눈을 피하는 거야. 선생님 이나미는 내가 제 속에 있는 줄 꿈에도 모르지이."

어쩐지 등골이 오싹해진 아레이는 눈 딱 감고 이나미에게 질문을 던졌다.

"너도…… 고양이 꿈, 꿨어?"

"꿨지이."

"황천귀 알지?"

"알지이."

"여기가 그림자계라 불리는, 황천 고치 속 환상의 세계라는 것도 알고?"

이나미는 또 주억였다.

"아까 이쪽저쪽 돌아다니면서 깨달았어. 내가 히카루 어깨를 두드리는 바람에 들여보내진 거지? 깃든이끼리 닿으면 천신이 그림자계로 보내잖아. 그치만 나는 히카루도 깃든이인 줄은 몰랐단 말이야아."

"왜 깃든이끼리 붙으면 여기로 오는 거야? 프로 깃든이라니까, 알면 가르쳐 줘."

히카루가 따지듯 물었다.

"그걸 아직도 몰라아? 깃든이 둘이 달라붙으면 얼굴이 두 개, 손발은 네 개씩이 되잖아. 속임수야. 황천귀는 혼란에 빠져 우리를 깃든이라고 인식하지 못하지. 그 틈을 타 천신은 깃든이를 우르르 그림자계로 보내는 거야."

역시 그렇군…… 깃든이끼리 접촉하면 황천귀의 감지 시스템이 교란되는 거였어.

생각에 잠긴 아레이에게 히카루가 물었다.

"이 사람, 믿어?"

아레이는 곧장 답하지 못하고 히카루의 얼굴을 맞바라봤다. 그러고서 묻듯이 Q의 얼굴을 보았다. Q는 아레이와 히카루에게 되물었다.

"엥? 이나미 선생님도 깃든이라는 거? 지금 여기에 들어왔다는 게 깃든이라는 제일 큰 증거 아냐?"

아레이와 Q, 히카루는 다시 한번 담임 선생님의 모습을 한 눈앞의 남자를 물끄러미 쳐다보았다. 그러나 이나미는 아이들의 시선은 아랑곳하지 않고 광장 위 희뿌연 하늘을 올려다볼 뿐이었다.

"근데에, 뭔가 좀 이상하지 않아?"

이나미가 어린아이처럼 해맑게 말했다.

"이상하다니 뭐가?"

이나미가 하늘을 향했던 눈을 공원 이곳저곳으로 바삐 돌리며 이야기하기 시작했다.

"봐 봐, 여기 그림자계잖아? 근데 어째서 황천 병사가 코빼기도 안 보이지이? 원래 그림자 괴물들이 돌아다니잖아. 나 아직 하나도 못 봤어. 너희는?"

세 사람은 이나미 앞에서 똑같이 고개를 가로저었다.

듣고 보니 그림자계에서 시간이 꽤 흘렀는데도 아직 외눈박이 그림자 괴물들을 보지 못했다. 땅거미 때도 나타날 낌새가 없었다.

"다들 휴가 갔나?"

Q가 실없는 소리를 했다.

아레이는 가슴속에서 불안이 또 콕콕 머리를 쳐드는 걸 느꼈다.

정말 이상했다. 무언가 수상하다……. 확실히 그림자계가 너무 고요했다.

"얼른 빈틈을 찾아 여길 나가자."

아레이가 쫓기는 듯한 기분으로 말했다.

"얘들아, 빈틈이 생기는 패턴은 알아? 빈틈은 변두리 근처에 생기는데, 패턴은 그림자계에 따라 다르거드은."

이나미가 이미 알고 있다는 것에 속으로 놀라며 아레이는 끄덕였다.

"알아. 하지의 일출 지점과 동지의 일몰 지점을 연결한 직선 위에 나타나."

선생님 얼굴을 한 이나미는 어린아이처럼 눈을 반짝였다.

"아, 그렇구나! 다른 그림자계의 탈출 패턴들도 항상 태양과 연관 있긴 했어. 이번에는 하지에 뜨는 햇빛에 닿아서 황천고치가 벌어지는 거네. 그렇다는 건……"

이나미는 재킷 주머니에서 부스럭부스럭 무언가를 꺼냈다. 현장체험학습 안내용으로 만든 책자였다. 뒤에는 공원 지도가 인쇄되어 있었다.

이나미 주위로 모여 아이들이 책자를 들여다보았다. 간단한 약도라서 방위표는 따로 없었다. 미래신도시 지도를 떠올리면서 얼추 방향을 잡아야 할 듯했다.

그림자계 범위가 어디까지 넓어졌는지는 미지수다. 빈틈이 나타날 법한 범위를 직접 걸으며 좁혀 나갈 수밖에 없을 것이었다.

"아마 동쪽은 이쪽이니까 거기서 30도 정도 북쪽으로 향하는 곳이라면……"

이나미가 지도를 보며 말했다.

"봐, 여기. 쉼터와 야영장 사이쯤 아닐까아?"

이나미가 손끝으로 그린 직선을 눈으로 좇으며 아레이가 끄덕였다.

"나도 그렇게 생각해. 오차가 조금은 있을 테지만 아무튼 분명 그 근처일 거야."

"오옷! 좋았어, 얼른 가자! 빨리 여기서 탈출하자고."

Q가 정신없이 서둘러도 반대하는 사람은 없었다.

아레이와 Q, 히카루와 이나미는 그림자계 변두리를 향해 걷기 시작했다.

함정

아레이와 히카루는 그래도 여전히 이나미에게 경계를 풀지는 않았다. 하지만 Q만은 스스럼없이 질문을 퍼붓고 있었다.

"있지, 있지! 전에도 그림자계에 들어온 적 있어?"

"아니. 근데 우리 삼촌이랑 할아버지가 그림자계로 황천귀를 해치우러 들어갔을 때 이야기는 많이 들었어."

아홉 살 이나미가 대답했다.

"뭐야! 그럼 이번이 처음이네? 나랑 아레이는 벌써 네 번째야! 그치, 아레이?"

다소 뻐기듯 말하는 Q에게 아레이가 "응." 하고 호응하자 이나미는 약이 오르는지 재빨리 입을 열었다.

"그림자계에 들어온 건 처음이지만 할아버지, 삼촌한테 정보를 잔뜩 들었거드은? 그럼 넌 이거 알아? 그림자계가 커질수록 황천 병사의 수도 많아져. 고치가 찢어지기 직전에는 황천 병사로 그득그득하대!"

"호오오!"

Q는 감탄하며 또 질문했다.

"그럼 말이야, 너희 할아버지랑 삼촌은 황천귀도 본 적 있대? 황천귀는 어떻게 생겼대? 대문짝만 해? 무시무시해?"

이나미는 먼 옛날 일을 떠올리려는 듯이 숲의 한 지점을 쳐다보면서 떠듬떠듬 말을 꺼냈다.

"음, 황천귀도 종류가 여럿이라고 해. 왜, 세균이나 바이러스도 무지 다양하잖아. 할아버지가 본 황천귀는 아메바처럼 기어다녔다고 했어. 삼촌은 약 60년 전 남아시아의 그림자계에서 황천귀를 봤는데, 개구리알처럼 생긴 까만 알갱이에서 우글우글 부화해 하늘을 날아다녔대. 손바닥만 한 올챙이처럼 생긴 새까만 황천귀가 잔뜩 나와서 고치를 메우는 바람에 황천 고치가 찢어졌댔어."

"뭐?"

Q와 함께 아레이도 외마디 말을 내뱉었다.

고치가 찢어져? 그럼 황천귀들이 현실 세계로 튀어나왔다는 거잖아…….

불안한 심정으로 시선을 주고받는 아레이와 Q, 히카루를 보며 이나미가 그늘진 눈으로 웃었다.

"뭐야……. 몰랐구나? 설마 열다섯 살씩이나 돼서 순진하게 '정의는 반드시 승리한다!'뭐 이런 생각 하는 건 아니지?"

또 이나미의 입에서 쿡쿡 웃음이 새어 나왔다.

"천신과 황천귀의 싸움은 이미 100억 년도 더 전부터 계속되고 있어. 그동안 천신이 이길 때도 있고, 질 때도 있었지이."

"에엑! 그렇게 되면 다 망하잖아! 시커먼 황천귀들이 날아다니면 전 세계가 발칵 뒤집힐 텐데?"

Q의 걱정스러운 말에 이나미가 조그맣게 혀를 찼다.

"쯧쯧, 기본도 모르네? 황천귀의 모습이 보이는 건 그림자계에서뿐이야. 황천 고치가 찢어져서 현실 세계로 황천귀가 우르르 나오면 손쓸 수 없어. 인간의 눈으로는 볼 수 없으니까……. 그래서 고치가 찢어지기 전에 뭐라도 해야 하는 거야. 이거 완전 상식이거드은?"

아레이가 끼어들었다.

"하지만 황천귀가 재앙을 일으킨다면서? 방금 네 말대로 약 60년 전 황천귀가 현실 세계로 나왔다면 그때 무슨 일이 터졌을 거잖아."

잠시 말이 없던 이나미는 어두운 눈으로 아레이를 바라보며 입을 열었다.

"사람이 많이 죽었어."

1970년대에 남아시아에서 사람이 많이 죽었다?

불현듯 머리에 떠오른 사실에 아레이는 심장이 조여들었다.

"사이클론? 그 사상 최악이라 불린 사이클론이 황천귀 때문이었다고……."

"사이클론이라면 태풍 같은 거?"

히카루가 두렵다는 듯 조그맣게 되물었다. 이나미는 담담히 말을 이었다.

"황천귀가 세상에 불러오는 재앙이 어떤 형태일지는 가늠할 수 없어. 전염병, 지진, 태풍, 화산 분화, 전쟁 등등으로 다양하지이. 어쨌든 재앙이 일어나면 사람, 동물, 식물 할 것 없이 대거 생명을 잃어. 황천귀는 헤아릴 수 없을 만큼 많은 목숨을 앗아 갈 거야."

"목숨을 앗아 간다……."

아레이는 그 말을 곱씹었다. 이나미가 계속 설명했다.

"우리가 천신이라 부르는 존재는 이 세계에 생명을 불어넣는 힘이야아. 반대로 황천귀는 생명을 지우는 힘이지. 이 두 힘은 머나먼 옛날, 이 세상이 생겼을 때부터 늘 대립해 왔어. 우주 어디서나 두 힘은 서로를 앞지르려고 싸우고 있어. 바로 이 순간에도. 지금까지 우위에 있는 건 황천귀지만……."

"어라랏? 천신이 아니라?"

Q가 뜻밖이라는 듯이 목소리를 높이자 이나미는 과장되게

한숨을 지어 보였다.

"에휴우, 당연하지이. 태양계를 살펴봐 봐. 수성에도 금성에도 화성에도 목성에도 토성에도 천왕성에도 해왕성에도 생명은 존재하지 않잖아. 태양계에서 7승 1패로 황천귀가 이겼지이? 은하계 전체를 둘러봐도 생물체가 명백히 존재하는 별은 아직 발견되지 않았어. 지구는 드물게 천신의 세력이 강한 별인 거야. 할아버지와 삼촌도 늘 말했어. 우리는 아주 불리한 싸움을 하고 있는 거라고. 이 사실을 절대 잊지 말라고. 불리한 싸움이지만 그럴수록 이 지구까지 황천귀에게 내줄 수는 없다고오……."

히카루가 미간을 찌푸리며 물었다.

"그렇게 계속 지는 싸움이라면 우리도 결국 승산 없는 거 아니야?"

이나미는 까다로운 수학 문제를 풀어야 할 때처럼 낑낑대는 표정으로 고개를 갸웃거렸다.

"하지마안…… 이번에는 계절이 우리 편이니 해볼 만할지도 몰라."

"계절이 우리 편이라고?"

아레이가 되묻자 이나미는 설명을 계속했다.

"봐, 지금 태양이 하지로 갈수록 힘이 세지고 있잖아? 태양의 에너지가 강하고 낮이 긴 계절은 천신이 유리한 시기야. 반대로 태양이 약하고 밤이 길어지면 황천귀가 유리해져. 지금이 동지로 가는 시기였다면 우리가 졌을지도 몰라아."

아레이와 Q, 히카루는 무거운 침묵에 싸여 잠자코 숲속을 걸었다.

도무지 정체를 알 수 없던 황천귀가 저 하얀 안개 커튼 너머에서 살그머니 얼굴을 내민 듯한 기분이었다. 그리고 그 황천귀가 현실 세계로 풀려났을 때 일어날 재앙을 상상하자 엄청난 책임의 무게가 아레이의 마음을 짓눌렀다.

60여 년 전 남아시아를 강타한 사이클론으로 30만 명에서 50만 명이 목숨을 잃었다고 전해진다.

우리는 황천귀가 이 세상에 나오는 걸 정말로 막을 수 있을까? 깃든이 일곱 명으로 그런 거대한 재앙을 막는 일이 가능한 걸까?

"저기…… 저게 뭐야?"

히카루가 발을 세우고 앞쪽 숲 끝을 가리켰다.

아이들은 이제 공원 동쪽에 펼쳐진 쉼터의 입구에 다다랐다. 아까 현실의 공원에서 보물찾기를 할 때 올랐던 전망대가 바로 앞에 보였다. 그 건너에 팔을 벌린 거인 같기도 한, 흰색 탑처럼 생긴 무언가가 앞길을 가로막고 있었다.

"와! 저거 빈틈 아냐? 빈틈 맞지?"

Q가 흥분한 듯이 외쳤다.

그림자계가 쉼터를 절반쯤 집어삼킨 채 넓어져 있었다. 그 뒤로는 새하얀 안개에 뒤덮여 아무것도 보이지 않았다. 그런데 그림자계 변두리, 하얀 안개와의 경계에 그 탑처럼 생긴 것이 솟아나 있었다.

아레이는 현실의 공원에 있을 리 없는 특이한 모양의 탑을 올려다보면서 퍼뜩 주머니에 손을 찔러 넣었다.

이거구나!

허겁지겁 주머니 속 종이 쪼가리를 부스럭대며 끄집어냈다. 아레이가 펼친 종이를 보려고 히카루가 다가왔다.

"그게 뭐야?"

아레이는 피코가 그린 그림을 모두에게 내밀면서 말했다.

"피코가 그린 거. 아까 피코한테 받았어."

"피코라면 저번에 사라졌던 그 1학년?"

이나미가 갸우뚱하며 물었다.

"맞아. 피코도 깃든이야. 미래를 보는 능력을 지닌."

"엑, 또 엉망으로 그려 놨네! 그리고 위험하다니? 뭐가?"

Q가 얼굴을 찡그리자 이나미가 귓속말하듯 조그마한 목소리로 말했다.

"저 탑을 그린 그림이라고? 하나도 안 닮았는데……"

"아직 어리잖아……. 피코는 우리한테 빈틈에 관한 힌트를 주려고 한 거야. 위험을 경고하려고."

히카루의 말에 Q가 못마땅한지 토를 달았다.

"근데 굳이 위험하다고 알려 줄 필요가 있냐? 말 안 해도 그림자계에서는 알아서 조심할 텐데. 게다가 이런 빈틈은 피코가 그림으로 그리지 않아도 금방 찾겠다! 저 흰색…… 저 탑…… 저거 뭐였지? 여하튼 너무 티 나잖아! 그치?"

Q는 눈앞에 솟은 탑의 이름이 떠오르지 않는 모양이다. 이나미가 대신해서 말해 줬다.

"정중앙에 흰 얼굴 조각, 꼭대기에 금빛 가면, 좌우로 팔 벌린 듯한 모양……. 태양의 탑이야아."

"하지만…… 오사카에 있는 건 약 70미터인데 이건 20미터 정도밖에 안 되겠는데."

아레이가 덧붙였다.

"아무튼 이게 빈틈이지? 현실의 공원에 없으니까!"

히카루는 정답만 알면 됐다는 듯 자르고 태양의 탑 모조품을 올려다봤다.

"그런데……"

아레이는 저도 모르게 입을 열었다.

"너무 쉽지 않아?"

"어?"

Q와 히카루가 동시에 아레이를 보았다.

"지금까지 빈틈은 눈여겨봐야만 알 수 있었잖아? 근데 이건 너무 눈에 잘 띈다는 생각 안 들어?"

"게다가 황천 병사도 없어. 이렇게 그림자 괴물이 하나도 안 보이는 경우는 우리 할아버지, 삼촌에게도 들어 본 적 없는 일인데에……."

이나미가 덧붙였다. 이나미는 생각에 잠긴 듯한 눈으로 탑을 올려다보더니 웅얼웅얼 입속으로 중얼거렸다.

"어째서지? 왜일까아?"

"서비스 아냐?"

Q가 또 실없는 소리를 했다.

"알기 쉬우면 어때? 탈출만 하면 되잖아."

히카루가 초조한 듯이 아레이와 이나미를 봤다.

"일단 가 보자."

Q는 당장에라도 태양의 탑을 향해 달려 나갈 듯한 자세로 말했다.

"내가 먼저 가 볼게에."

겉은 어른인 이나미가 어린아이 목소리로 말하며 생글생글 태양의 탑을 올려다봤다.

"다들 여기 있어. 내가 가까이 가 보고 무슨 일 없으면 부를 테니까아."

"무슨 일 있으면?"

Q가 묻자 이나미는 웃음을 거두고 목소리를 깔았다.

"도망쳐야지 뭘 물어? 멍청이."

이나미는 태양의 탑을 향해 성큼성큼 걷기 시작했다.

"뭐야! 들었어? 멍청이래!"

Q가 구시렁댔다.

아레이는 탑으로 다가가는 이나미를 살피면서 쉼터와 그 오른쪽에 펼쳐진 야영장 주위를 눈으로 훑었다.

다시 생각해 보니 태양의 탑이 솟은 자리는 아까 지도를 보고 가늠했던 빈틈 출현 장소에서 조금 북쪽으로 어긋난 듯했다. 느닷없이 시야에 날아든 거대한 태양의 탑에 시선을 빼앗겨 그 주위를 살피는 걸 잊고 있었다.

아레이는 다시금 하얀 안개로 둘러쳐진 그림자계의 변두리를 살폈다. 쉼터 오른편의 야트막한 언덕 위는 야영장이다. 방갈로 다섯 채도 있었는데 그 주변은 안개에 집어삼켜져 보이지 않았다.

지금 보이는 건 '해님터'라 불리는 바비큐 공간 앞 절반과 그 공간을 따라 늘어선 그늘막 구역 다섯 개였다. 각 구역은 긴 나무 막대기로 네모나게 나뉘어져 있었다.

야영장 구석에서 앞쪽으로 시선을 돌리던 아레이는 무언가에 사로잡혀 퍼뜩 눈을 부릅떴다. 어쩐지 미묘하게 다른 것 같아서였다. 기억 속 진짜 공원과 지금 보고 있는 풍경이 어딘가 어긋난 느낌이 든다.

다시 한번 천천히 아레이가 눈앞에 펼쳐진 풍경을 재차 확인하려던 그때였다.

"얘들아!"

목소리가 들리는 쪽으로 눈을 돌리자 탑 옆에 선 이나미가 손을 흔들고 있었다.

"잘 봐아!"

이나미는 모두의 시선을 받으며 발밑에서 돌멩이를 하나 주워 들었다.

"던지려고 그러나? 저 탑에……"

Q가 중얼거린 순간 이나미가 아이들을 등지고 탑을 향해 팔을 휘둘렀다.

태양의 탑은 하얀 안개를 배경으로 짧은 두 팔을 벌린 채 그저 가만히 서 있었다. 꼭대기에 반짝이는 금색 가면 같은 장식과 흰색 탑 중앙에 있는 얼굴 모양 조각이 이나미를 말없이 내려다보는 듯했다.

이나미가 던진 돌멩이가 태양의 탑 중앙 부분, 도드라진 얼굴 조각에 명중했다. 그런데 이상한 일이 일어났다.

돌멩이는 탑에 부딪치지 않았다. 아니, 부딪쳤을지도 모르지만 다시 튕겨 나오지도, 으스러져 떨어지지도 않았다. 마치 빨려 들어간 듯이 보이지 않았다.

"어라? 맞은 거야?"

Q도 히카루도 영문을 모르겠다는 듯 눈을 끔뻑거리며 태양의 탑을 봤다.

이나미가 두 번째 돌멩이를 주워 들어, 또다시 탑으로 던지는 게 보였다. 이번에도 또 돌멩이는 태양의 탑에서 사라졌다.

홱, 탑에서 등을 돌린 이나미가 외쳤다.

"도망쳐어! 함정이야!"

돌멩이 두 개를 삼킨 태양의 탑 벽면의 얼굴이 녹은 설탕물처럼 주르륵 흘러내렸다. 일그러진 얼굴로 까만 얼룩이 떠오르는가 싶더니 그 얼룩이 순식간에 퍼져 탑 전체를 까만 그림자로 물들여 버렸다.

이쪽으로 달려오는 이나미 뒤에서 까만 태양의 탑이 꿀렁대기 시작했다. 흐느적흐느적, 넘실넘실 흔들렸다.

이제 탑의 윤곽은 흐릿해지고 형체도 알아볼 수 없었다. 탑 꼭대기의 금빛 가면도 중앙에 있던 하얀 얼굴도 없어졌다. 그건 태양의 탑이 아니었다. 새까만 탑이 되었다.

"기이잇드으은이이이이……"

까만 탑이 외쳤다. 부드득부드득 쇠 긁는 듯 불쾌한 목소리였다.

탑 꼭대기에서 불쑥 등불 하나가 타오르는 듯 보였다. 자세히 보니 까뒤집은 눈알이었다.

아레이는 가까스로 탑의 정체를 알아챘다.

외눈박이 그림자다……. 그림자 괴물이다!

"기이이잇드으은…… 드으으은이이이이……"

이제껏 본 적 없는 거대한 그림자가 번뜩거리는 눈알로 이쪽을 내려다보고 있었다.

"도망쳐! 얼른! 숲속으로오!"

아이들 사이를 지나며 이나미가 다시 한번 윽박지르듯이 외쳤다.

퍼뜩 정신을 차린 아레이와 Q, 히카루가 달음박질했다. 쉼터를 등지고 숲으로 뛰어들었다.

"어디로 가지?"

히카루가 달리면서 물었다.

"야영장으로!"

아레이가 외쳤다.

"뭐랏? 야영장은 뒤쪽이야! 돌아가?"

Q가 당황하여 아레이를 바라봤다.

"빈틈은 거기에 있어!"

아레이가 한 번 더 외쳤다.

맨 앞에서 달리던 이나미가 속도를 늦추고 아레이를 돌아보며 물었다.

"아레이, 진짜 빈틈을 찾은 거야?"

"아직!"

아레이의 말에 Q가 외쳤다.

"우왁, 아직이라니! 그럼 안 되지!"

"하지만 찾을 수 있을 것 같아. 아까 지도로 확인했지? 태양이 내리쬐는 위치를! 빈틈은 무조건 그 근처에 있어. 그러니까 돌아가야 해!"

달리면서 고함치는 사이 아레이는 숨이 차올라 저도 모르게 어느 나무 그늘에서 멈춰 섰다.

"멈추지 마!"

이나미가 소리쳤다.

아레이는 힐끗 등 뒤를 돌아봤다. 그 순간, 공포로 심장이 멎을 뻔했다. 외눈박이 그림자가 코앞까지 다가와 있었다.

그림자는 이제껏 보아 왔던 모습이 아니었다. 사람을 흉내 내어 두 다리로 걷지 않았다. 대신 마치 커다란 구렁이처럼 스멀스멀 기어 왔다. 맨 앞쪽에는 눈알이 씀벅거리고 있었다.

"쭉 돌아서 야영장으로 가자!"

이나미가 외쳤다.

아레이는 자신을 붙들어 매려는 공포를 떨치며 이나미를 뒤따랐다.

이나미가 커다랗게 커브를 돌아 달렸다. 새까만 그림자 구렁이는 꿀렁꿀렁 나무 사이를 누비며 소리도 없이 아이들을 쫓아왔다.

우리를 기다리고 있었던 거야!

아레이는 그제야 깨달았다. 아이들이 빈틈이 나타나는 패턴을 알아챘듯 황천귀도 아이들이 빈틈을 찾아 그 근처로 올 거란 걸 알았다. 그래서 그림자계가 이다지도 고요했던 것이다. 그래서 빈틈을 그리 쉽게 찾은 줄 알았던 것이다…….

황천귀가 또 진화했어.

일전에 그림자 괴물을 선생님 모습으로 변신시켜 아이들을 유인하려 했듯이 이번에는 태양의 탑으로 위장해 빈틈인 척하게 만들었다. 아이들이 제 발로 다가오기만을 가만히 기다린 것이다.

피코의 그림에 딸린 메시지가 머릿속에 쩡 울렸다.

'위험해.'

빈틈에 관한 힌트가 아니었다. 피코는 경고했다. 태양의 탑은 위험하다고. 그 탑은 황천귀가 판 함정이라고.

"기이잇드으은…… 드은이이이!"

숲속을 슬슬 기며 그림자 구렁이가 소리를 냈다.

이나미는 아이들을 이끌며 쭉쭉 속도를 올렸다.

맞다, 이나미 선생님 엄청 빨랐지…….

아레이가 육상부 연습 첫날을 떠올렸다.

나무를 능숙히 피하며 무시무시한 속도로 달려가는 이나미 뒤로 아레이와 Q, 히카루가 딱 붙어 갔다.

"빨리! 서둘러! 이러다 붙잡히겠다아!"

이따금 이나미가 돌아보며 다그쳤다. 아레이도 페이스를 올리려고 했지만 숲길이 울퉁불퉁하고 앞을 가로막는 나무들을 피하느라 전속력이 나오지 않았다.

공포와 긴장이 가슴을 움켜쥔다. 저 끔찍한 그림자 구렁이를 생각할수록 어둠의 기운이 따라붙었다. 그림자에 그만 삼켜져 버릴 것만 같았다. Q와 히카루도 죽기 살기로 아레이 옆에서 달리고 있었다.

"흩어져!"

이나미가 저 멀리 있는 나무 밑에서 외쳤다. 그 나무 너머로 야영장이 보였다.

아레이는 순간적으로 오른편으로 크게 틀어 Q, 히카루와 사이를 벌렸다. Q도 급속도로 커브를 틀어 다른 쪽으로 달리기 시작했다.

원래의 직선 방향으로 계속해 달리는 히카루의 옆얼굴이 언뜻 아레이의 시선 끝에 비쳤다.

다음 순간.
까만 그림자 덩어리가 히카루를 삼키는 걸 본 것 같았다.
"히카루!"

깜짝 놀라 멈춰 서려는 아레이 귀에 이나미 목소리가 쨍하게 꽂혔다.

"아레이, 멈추면 안 돼! 달려! 달려! 달리라고오!"

밀어붙이는 듯한 그 목소리에 계속 달렸다. 달리고, 달리고 죽어라 달렸다.

달리면서 아레이는 히카루를 집어삼킨 까만 그림자의 모습을 잘못 본 것이기를 빌었다. 분명 히카루는 바싹 다가오는 그림자 구렁이를 잘 따돌렸을 것이다. 곧 있으면 다시 옆으로 와 달리고 있을 것이다.

그러나 사라졌다. 아까까지 울리던 히카루의 발소리도, 숨소리도…….

아레이는 결국 발을 멈추고 방금 달려 나온 숲속을 돌이켜 보았다. 야영장 입구 나무 밑에서 망연히 서 있는 Q가 보였다.

새까만 그림자 구렁이는 숲 바닥에 둥그렇게 몸을 감고 거대한 똬리를 틀고 있었다. 그림자가 빙그르르 소용돌이치며 부글부글 들끓었다.

까만 대가리가 솟아났다. 그 한가운데서 동그란 눈알이 뒤룩거렸다. 회오리치는 그림자가 끼익 끼익 머릿속을 긁는 소름 끼치는 목소리를 냈다.

"기이잇드으은이이……. 기이잇드으으으은이이이이이. 기이잇드은이……"

"히카루!"

Q가 고함쳤다.

눈을 씻고 보아도 히카루의 모습은 온데간데없었다. 칠흑 같이 빙빙 도는 저 구렁이의 똬리 속으로 히카루가 집어삼켜진 듯했다.

아레이도 토해 내듯이 외쳤다.

"히카루!"

까만 구렁이가 킬킬 웃는 듯 꿈실거렸다.

배열된 숫자 중 빈틈을 찾고…

| 16 | 28 | 32 | 64 | 128 |

3권으로!

하늘과×땅의×방정식

Q2. 빈틈의 패턴을 찾으시오

초판 1쇄 인쇄 2025년 12월 8일
초판 1쇄 발행 2025년 12월 18일

글 도미야스 요코
번역 김소희

펴낸이 김선식
펴낸곳 다산북스

부사장 김은영
어린이사업부총괄이사 이유남
책임기획 최유진 책임편집 최유진 디자인 남정임 책임마케터 신지수
어린이콘텐츠사업4팀장 강지하 어린이콘텐츠사업4팀 남정임 최방울 최유진 박슬기
어린이마케팅본부장 최민용 어린이마케팅2팀 최다은 신지수 심가윤 기획마케팅팀 류승은 박상준
저작권팀 성민경 이슬 윤제희 편집관리팀 조세현 김호주 백설희
재무관리팀 하미선 임혜정 이슬기 김주영 오지수
인사총무팀 강미숙 이정환 김혜진 황종원
제작관리팀 이소현 김소영 김진경 유미애 이지우 황인우
물류관리팀 김형기 김선진 주정훈 양문현 채원석 박재연 이준희 최대식

출판등록 2005년 12월 23일 제313-2005-00277호
주소 경기도 파주시 회동길 490 전화 02-704-1724 팩스 02-703-2219
다산어린이 공식 카페 cafe.naver.com/dasankids 다산어린이 공식 블로그 blog.naver.com/stdasan
종이 신승INC 인쇄 및 제본 상지사 코팅 및 후가공 평창피앤지

ISBN 979-11-306-7303-5(44830)
　　　 979-11-306-7225-0(세트)

・책값은 뒤표지에 있습니다.
・파본은 본사 또는 구입한 서점에서 교환해 드립니다.
・KC마크는 이 제품이 공통안전기준에 적합하였음을 의미합니다.